KB078400

나는
아이돌이다

IDOL

설영화 장편 소설

FUSION FANTASTIC STORY

나는 아이돌이다 3

설영화 장편 소설

초판 1쇄 찍은 날 § 2014년 8월 4일
초판 1쇄 펴낸 날 § 2014년 8월 11일

지은이 § 설영화
펴낸이 § 서경석

편집부장 § 권태완
편집책임 § 정수경

펴낸곳 § 도서출판 청어람
등록번호 § 제1081-1-89호
등록일자 § 1999. 5. 31
어람번호 § 제1-1792호

주소 § 경기도 부천시 원미구 심곡2동 163-2 서경B/D 3F (우) 420-822
전화 § 032-656-4452  팩스 § 032-656-4453
http://www.chungeoram.com
E-mail § chungeorambook@daum.net

ⓒ 설영화, 2013

ISBN 978-89-251-3741-4 04810
ISBN 978-89-251-3614-1 (세트)

# 나는 아이돌이다

설영화 장편 소설

FUSION FANTASTIC STORY

3

IDOL

# CONTENTS

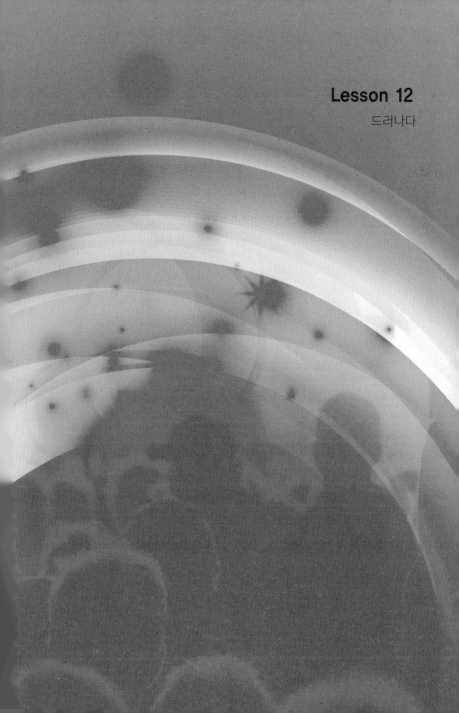

# Lesson 12
드러나다

"프랑스 파리인가."

서윤은 나지막이 중얼거리며 고개를 들었다.

저 멀리 개선문이 보이고 있었다.

"서윤 씨, 어때요?"

뒷자리에 타고 있던 매니저의 말에 서윤은 히죽 웃으며 어깨를 으쓱였다.

"간만에 와보네요."

"프랑스에 와보신 적 있어요?"

놀란 듯한 매니저의 물음에 서윤은 고개를 끄덕였다.

"어려서 1년 정도 살기도 했어요."

부모님의 사업으로 인해 서윤은 어려서부터 해외 여러 곳에서 살았었다. 그렇기에 외국물 꼬맹이와의 영어 대화도 가능했던 것이다.

"그럼 불어도 하실 줄 알겠네요?"

"의사소통은 돼요. 생활하는 데 어려움은 없을 정도?"

"그게 어디예요."

한시름 놨다는 매니저의 말에 서윤의 옆자리에 앉아 있던 혜진이 말을 이었다.

"불어를 할 줄 안다니 다행이네."

"뭐… 아무래도 그렇겠죠?"

경연을 하는 데 있어 말이 통하면 득이 되면 득이 되었지 실이 될 것은 없으니 말이다.

어느덧 서윤과 일행을 실은 차가 멈췄다.

숙소는 그리 화려하지 않은 곳으로 잡았다. 물론, 그렇다고 해서 허름하지는 않았다. 우리의 이정민 여사가 그런 곳에 서윤을 묵게 하지는 않을 터이니 말이다.

쓰리 룸으로 이루어진 숙소의 거실에는 그랜드 피아노가 놓여 있었다.

창문 밖으로 바깥 모습이 잘 보이고 햇볕도 잘 드는 것이 연습하기에도, 묵기에도 안성맞춤이었다.

하지만 지금은 그런 감상에 빠질 틈이 없었다.

짐을 풀고 잠시 쉰 혜진은 서윤을 불러 피아노에 앉혔다.

롱 티보 1차 예선까지는 얼마 남지 않은 상태니 말이다.

"일단 준비하자."

"네."

서윤은 고개를 끄덕이며 건반 위에 손을 올려놓았다.

그렇게 시간은 흘렀다.

서윤은 혜진의 요구에 최대한 맞춰 연습에 매진했다. 그렇게 열흘 가량의 시간이 흐르고, 드디어 1차 예선의 날이 되었다.

"휘유, 많네요."

서윤은 가볍게 휘파람을 불며 콩쿠르가 열릴 극장 홀 안을 바라보았다.

세계 각지에서 몰려든 피아니스트들의 모습이 보였다.

"떨려?"

문득 들려온 소리에 고개를 돌려보니 혜진이 그를 올려다보고 있었다.

서윤은 피식 웃었다.

"신기하게도 안 떨리네요."

여유 있는 미소를 띤 서윤의 표정을 바라본 혜진은 빙긋 웃었다.

"넌 무대 체질인가 보다."

이렇게 설명할 수밖에 없었다. 왜냐하면 혜진은 서윤이 긴장한 모습을 본 적이 없었기 때문이다.

처음 콩쿠르에 나갔을 때도, 독주회를 가졌을 때도 마찬가지였다.

심지어는 클래식 연주회와는 전혀 분위기가 다른 김현우의 콘서트 오프닝 게스트로 섰을 때도 서윤이란 아이는 떨지 않았다.

타고난 외모에, 스타성. 거기다가 강심장까지…….

'기대할 만하겠어.'

연습을 착실히 잘해왔고, 예선을 앞두고도 저런 여유로운 모습을 보이니 실수를 하지는 않을 것 같다.

그런 생각을 하던 혜진의 귓가에 서윤의 목소리가 들려왔다.

"그것보다 선생님."

"응?"

"저는 괜찮은데, 선생님은 별로 안 괜찮아 보이시는데요?"

"뭐?"

무슨 소리냐는 듯 되묻자 서윤이 피식 웃으며 그녀의 손을 가리켰다.

"어?"

그제야 자신의 손을 내려다본 혜진의 눈이 동그랗게 떠졌다.

자신도 모르게 기도하듯 움켜쥐고 있었나 보다. 게다가 미세하게 떨리고 있었고.

"아⋯⋯."

망연한 탄성을 흘리는 혜진을 바라보던 서윤이 피식 웃더니 손을 뻗어 좀처럼 떨림이 멈추지 않는 혜진의 손을 마주 잡았다.

"긴장하지 마세요."

"어?"

"저 한번 믿어보시라고요."

서윤은 그렇게 말을 하고는 몸을 돌렸다. 추첨을 시작한다는 진행자의 외침에 그쪽으로 걸음을 옮겼다.

조금씩 멀어져 가는 서윤의 뒷모습을 바라보던 혜진은 가볍게 한숨을 내쉬었다.

어느새 떨림은 멈춰 있었다.


서윤은 7번째 순서로 예선에 임하게 되었다.

그는 대기실에 앉아 주위를 둘러보았다.

역시나 예선이라서 그러할까? 엄숙한 분위기 속에 세계 각지에서 모여든 피아니스트들이 예선을 준비하고 있었다.

서윤은 재미없다는 생각을 하며 기지개를 폈다.

그렇게 얼마나 지났을까? 어느덧 서윤의 앞 순번 사람이 예선을 치르기 위해 일어섰다.

서윤은 그 모습을 잠시 바라보다가 연주복 안주머니를 뒤적거렸다.

이윽고 그에 손에 들려나온 것은 한 장의 종이였다.

프랑스로 떠나기 전 식충이 패밀리가 서윤에게 각자 하고 싶은 말을 썼다고 건네주었다.


―잘하고 와. 상금 타오면 잇힝~ 꽃등심 콜?

―오라방, 다녀와서 맛난 거.

―깐풍기가 먹고 싶어요.


맨 위에 세 줄, 그러니까 자신의 욕구만 쓴 주인공들은 분명 수아와 아영, 유라일 테고.


―Fighting.


이따위로 성의 없이 꼬부랑 말 한 단어만 적은 것은 분명 외국물 꼬맹이. 심지어 느낌표도 붙이지 않았다.

─오빠, 분명 좋은 결과가 있으실 거예요. 긴장하시지 않는 게 가장 중요한 것 아시죠? 아자 아자!

그나마 제대로 쓴 이 글귀의 주인공은 현희일 것이다.

서윤은 종이를 잠시 들여다보며 피식 미소를 지었다.

"역시 귀엽단 말이야, 이 녀석들."

돌아가면 비싼 걸로 배터지게 사줘야겠다는 생각을 하며 종이를 접어 안주머니에 넣었다. 그와 동시에 진행자가 서윤에게 다가왔다.

드디어 자신의 차례가 온 것이다.

서윤은 차분히 몸을 일으켰다.

\*          \*          \*

롱 티보 콩쿠르의 심사원의 장인 마렉 야노프스키는 턱가를 괸 채 심통한 표정을 짓고 있었다.

지금까지 6명의 참가자를 보아왔다.

세계에서도 손꼽히는 콩쿠르의 참가자답게, 모두 훌륭한 기량의 소유자들이었다.

하지만…….

'그것뿐.'

훌륭하기는 하지만 그의 영혼을 흔들 만한 참가자는 아직 보이지 않았다.

마렉 야노프스키는 자신의 좌우로 앉아 있는 다른 심사위원들을 바라보았다.

'역시 비슷하군.'

아마도 자신의 감상과 비슷한 모양이다. 모두들 다소 지루하단 표정으로 기계적으로 채점을 하고 있었으니 말이다.

그러던 중이었다.

뚜벅뚜벅.

한 사람이 무대 위로 걸어 올라왔다.

까만 머리로 보아 동양인일 터. 그것보다 먼저 그의 눈을 잡아끈 것은 매우 잘생긴 얼굴이었다.

'어디 보자… 7번. 동양인이군.'

기본적으로 누구인지는 이번 예선이 끝날 때까지 모른다.

혹시나 있을지도 부정을 미연에 방지하고자 참가자들에게 번호를 부여하고, 심사위원들은 연주자가 누구인지 모르는 상태에서 심사를 하기 때문이다.

'굉장히 잘생긴 청년이로군. 그것보다 동양인이라……'

문득 그의 뇌리를 스치고 지나가는 이가 있었다. 발로 롱 티보의 전 대회를 휩쓸었던 김인혁이었다.

어려서부터 피아노 신동으로 이름을 날리던 그는 롱 티보

를 석권한 이후 작년에는 퀸 엘리자베스 콩쿠르에 참가해 3위
에 입상했으나 심사 결과에 불만을 품고 수상을 거부해 화제
가 되었었다.

'그는 정말 스페셜한 피아니스트였는데. 중국? 일본? 아니
면 김인혁과 같은 나라에서 온 청년일까?'

마렉 야노프스키는 왠지 모를 희미한 기대감을 가지고 무
대를 바라보았다. 그리고…….

"하!"

피아노 선율이 흘러나온 순간 마렉 야노프스키는 자신도
모르게 경탄성을 터트렸다. 1차 예선에서 이름 모를 동양인
청년이 선택한 곡은 쇼팽의 피아노 소나타 제3번 b단조
Op.58이었다.

그리고 서윤이 그곳에서도 선택한 것은 3악장 Largo와 4악
장 Presto ma non tanto였다.

먼저, 쇼팽과 조르주 상드의 달콤한 사랑이야기라는 평을
받기도 하는 아름다운 선율의 3악장이 시작되었다.

그리고 마렉 야노프스키는 홀린 듯한 인물의 이름을 토해
냈다.

"알프레드 코르토."

지성과 기품을 겸비한 낭만주의 피아니스트.

쇼팽에 감성 논리와 이성 구조를 끌어들인 최초의 피아니

스트라 추앙받는 위대한 피아니스트.

마렉 야노프스키의 눈은 휘둥그레졌다.

그것은 다른 심사위원들 역시 마찬가지였다.

활력이 넘치는 페달링, 엄격한 기본 리듬 위에 얹어진 자유로운 감수성과 빛나는 음향은 알프레드 코르토를 보는 것 같았다.

하지만 그의 이러한 감탄은 곧 경악으로 돌아왔다.

3악장이 끝나고 쇼팽의 감정이 격정적으로 펼쳐지는 4악장 Presto ma non tanto가 서윤의 손을 따라 홀 안을 가득 메우기 시작했다.

방금 전까지 마렉 야노프스키의 감성을 젖어들게 했던 알프레도 코르토가 사라졌다.

그리고 그 자리를 메운 것은 아르투르 루빈스타인이었다.

쇼팽의 또 다른 이름이라고까지 추앙받던 피아니스트.

터치에서 기인하는 남성적인 강인함과 거인과도 같은 스케일과 테크닉으로 서윤은 심사위원들을 단번에 압도하고 있었다.

'천재다.'

거듭 단언하자. 동양에서 온 저 어린 피아니스트는 천재다.

기본적으로 롱 티보는 30세 이하의 연주자들만이 참가할 수 있는 콩쿠르.

분명 아직 어릴 것이 분명하건만, 저러한 완벽한 테크닉과 감수성을 가질 수 있단 말인가?

게다가 자신들마저 압도해 버리는 저 카리스마.

마렉 야노프스키는 주먹을 꾹 움켜쥐었다. 어느새 입가에는 미소가 떠 있었다.

그것은 다름 아닌 환희였다.

이윽고 서윤의 연주가 끝나고 심사위원들은 넋이 나간 듯한 표정으로 그 자리에 멍하니 앉아 있을 수밖에 없었다.

그런 심사위원들을 바라보며 마렉 야노프스키가 입을 열었다.

"우리가 지금까지 봐왔던 피아니스트들보다 앞으로 봐야 할 이들이 더 많음을 알고 있습니다. 그럼에도 불구하고 한 가지만은 확실한 것 같습니다."

"······."

"방금 전, 우리 모두를 압도했던 저 천재 피아니스트가 다음 라운드로 진출해야 할 것이란 사실을 말이죠."

마렉 야노프스키의 말에 심사위원들 그 누구도 반대의 의견을 내놓지 않았다.

서윤은 그렇게 1차 예선을 통과했다.

그리고 그날 저녁.

1차 예선을 통과했다는 소식을 들은 후 곧바로 이정민 여사에게 그 사실을 전했다.

"아들이라면 당연히 통과할 줄 알았지."

"너무 당연하다는 듯 말하는 것 아니야?"

서윤이 눈살을 찌푸리며 말하자 수화기 너머로 '오호호호!' 하는 웃음소리가 들려왔다.

벌써부터 설레발을 치는 어머니의 말에 서윤은 한숨을 내쉬며 고개를 내저었다.

어찌 되었건 통화를 잘 끝내고 거실로 나왔다.

상기된 듯한 혜진과 매니저의 모습이 보인다.

"1차 예선 통과 축하해."

혜진의 축하에 서윤은 피식 웃으며 살짝 고개를 숙였다.

"감사합니다."

"2차 예선곡은 정해놓은 대로 슈만의 Piano Sonata no. 1하고 드뷔시의 Pour le piano(피아노를 위하여)?"

"네."

서윤은 고개를 끄덕였다.

롱 티보 준결 예선의 과제는 첫 번째로 브람스나 슈만의 소나타 중 한 악장, 그리고 두 번째로는 프랑스의 작곡가의 곡을 선택하여 연주하는 것이다.

총 40분을 넘어서는 안 되기에 서윤이 고른 곡은 슈만의 피아노 소나타 1번 중에서도 1악장, 그리고 드뷔시의 피아노를 위하여 전 악장이다.

"이틀밖에 안 남았으니 열심히 해야겠네."

"생각보다 일정이 타이트하네요."

"그렇지. 2차 예선을 제외하고서라도 2번이 남았으니까."

롱 티보는 11월 26일부터 12월 6일까지 펼쳐진다.

2차 예선인 준결 예선을 통과하더라도 솔로 리사이틀 최종 테스트와, 마지막으로 협주곡 최종 테스트가 남아 있다.

솔로 리사이틀 최종 테스트는 총 60분에 모차르트의 곡, 포레의 곡 중 하나, 그리고 현대 작품까지 3번의 연주를 거쳐야 하고, 대망의 협주곡 테스트는 말 그대로 오케스트라와 함께 피아노 협주곡을 협연하는 것이다.

"리사이틀 최종 테스트도 그렇고, 협주곡 테스트 곡까지 모두 정해놨으니까요."

"라흐마니노프의 곡으로?"

"네."

협주곡 최종 테스트까지 갈 수 있다면 서윤은 라흐마니노프의 피아노 협주곡 2번을 연주할 생각이다.

"그러고 보니 전 대회에서는 결선 연주자들이 모두 차이코프스키의 곡을 연주했다죠?"

"그래, 결선 진출자 6명이 모두 차이코프스키의 피아노 협주곡 1번을 연주했지."

그래서 우스갯소리로 지난 롱 티보 콩쿠르는 차이코프스키의 경연이라고 불리기도 했다.

"하여튼 연습해야겠네요."

서윤이 그렇게 말하며 피아노 쪽으로 다가가자 오혜진이 어깨를 으쓱였다.

"이제는 말하지 않아도 자발적으로 연습하네? 대견하다."

대견스럽다는 혜진의 말에 서윤은 한숨을 내쉬며 고개를 절레절레 저었다.

모친은 분명히 말했다. 친구 딸래미보다 더 높은 순위를 내야 한다고.

"카드 잘리고 싶지 않으니까요."

서윤은 열심히 해야만 했다. 아니, 열심히 할 수밖에 없었다.

결과를 이야기하자.

서윤은 2차 예선과, 솔로 리사이틀 테스트까지 모두 1등으로 통과를 했다.

뭐랄까? 말 그대로 거침이 없었달까?

마렉 야노프스키의 말마따나 참가자들의 실력은 모두 상당한 수준에 이르렀다. 하지만 그뿐, 영혼을 흔들 만한 기량의 소유자는 오로지 서윤뿐이었다.

이미 유수의 클래식 관계자들과 롱 티보를 취재하는 기자들 사이에서는 이변이 없는 한, 이번 대회의 우승자가 서윤이 될 것이라 확신하고 있었다.

그만큼 서윤은 독보적이었고, 눈에 띄었다.

특히나 기자들 사이에서 화제가 된 것은 연주 실력 이외에도 서윤의 빼어난 외모였다.

훤칠한 키에 또렷한 이목구비.

침체되어 가고 있는 클래식 음악계에 활기를 불어넣을 스타감이 나왔다며 벌써 호들갑을 떨고 있었다.

유럽 쪽의 관계자들도 그러했지만, 그중에서 서윤에게 가장 큰 관심을 보이고 있는 곳이 일본이었다.

클래식의 관심에 관한 한 아시아에서 가장 큰 시장을 가지고 있는 곳은 일본이다.

특히나 인기가 높은 콩쿠르 중 하나인 롱 티보의 경우, 결선 과정을 TV로 생중계할 정도다.

그런 그들에게 있어 유력한 그랑프리 후보이자 빼어난 외모까지 갖춘 서윤의 존재는 관심이 갈 수밖에 없었다.

더욱이 요즘은 공중파에서 방영되어 폭발적인 인기를 누린 한국 드라마로 인해 한류 열풍까지 불고 있는 상태.

그래서일까? 아직 협주곡 테스트가 끝나지 않았음에도 일본의 클래식 잡지에서 나온 기자들의 인터뷰 요청이 쇄도하고 있었다.

"골치 아프네요."

서윤은 나지막이 중얼거리며 미간을 찌푸렸다. 그 모습에 매니저가 입을 열었다.

"인터뷰는 최대한 미뤄뒀어요. 지금 중요한 것은 협주곡 테스트니까요."

"고생 좀 해주세요."

서윤의 말에 매니저는 미소를 지으며 고개를 내저었다.

"고생이랄 것 있나요? 응당 제가 해야 할 일인데요."

옆에 서 있던 혜진이 말문을 열었다.

"앞으로 계속 겪게 될 일이야."

"귀찮은데."

서윤이 툴툴거리자 혜진은 빙긋 미소를 지으며 그의 등을 탁탁 쳐줬다.

"일단 그 생각은 잠시 접어두고, 지금 중요한 것은?"

"집중이죠."

서윤의 말에 혜진은 만족스럽다는 표정을 지었다. 하지만 이내 표정을 진지하게 가져갔다.

"최종 결선에 6명이 올랐어."

"이제 5명만 젖히면 된단 이야기군요."

"그 말이 아니잖아."

"알고 있어요. 농담 좀 한 거예요."

그렇게 말하며 서윤은 어깨를 으쓱였다.

세계 각국에서 참가한 48명의 참가자 중 이제는 6명만이 남은 것이다.

현재 서윤이 있는 곳은 파리 프랑스 라디오 1층, 메시앙 홀의 대기실이다.

잠시 뒤, 이곳에서 최종 테스트인 협주곡 협연이 열린다.

이미 메시앙 홀은 500여 좌석이 꽉꽉 들어찬 상태.

"안 떨려?"

"에이, 저번에 선생님이 말씀하셨잖아요. 저 무대 체질이라고."

서윤의 말에 혜진은 질린 듯한 표정으로 말했다.

"무대 체질에도 정도가 있는 건데… 넌 정말 별종이다."

"뭐, 좋은 거 아닌가요?"

"이제는 나도 모르겠다."

혜진은 콩쿠르에 참가한 뒤, 더욱 서윤에게 놀랄 일이 많아진다는 생각을 했다.

서윤이 의자에 앉아 다시금 연주복 안에서 종이를 꺼내 들었다.

"애들이 써준 거?"

"네."

"너 그거 예선 때부터 수시로 들여다보던데."

"꼬맹이들이 적어놓은 글귀를 보고 들어가면 뭔가 좀 마음이 편해진다고나 할까요?"

'뭐 저한테 빌붙어 사는 식충이들이긴 하지만요' 라고 덧붙이는 서윤을 내려보며 혜진은 피식 웃었다.

"확실히 그 아이들이 너에게 있어서는 힘이 되는 존재인가 보네."

"하는 짓들이 귀엽잖아요. 대견하기도 하고."

서윤은 종이를 들어 보이며 말했다.

"그 아이들 너 돌아오기만 목이 빠져라 기다릴 텐데?"

"돈 뜯어가려고 눈이 시뻘건 애들이죠."

거기까지 말한 서윤이 종이를 안주머니에 고이 접어 넣고는 몸을 일으켰다.

그의 순번은 마지막 6번째.

때마침 대기실 안쪽으로 박수 소리가 새어들어 왔기 때문이다.

그 박수 소리의 주인공은 자신의 앞 순번인 중국 출신의 여성 피아니스트.

그 말인즉슨 이번에는 서윤의 차례란 이야기다.

서윤은 가볍게 심호흡을 하고는 몸을 빙글 돌려 혜진과 매니저를 바라보았다.

"다녀옵니다."

"이런 말 이미 의미가 없다는 건 알지만, 마음 편히 먹고 긴장하지 마."

"의미 없다는 거 아신다는 분이……."

"그래도 네 선생이니까 형식적이나마?"

혜진의 말에 서윤은 풋 하고 웃었다.

"알겠습니다."

거기까지 말한 서윤은 잠시 대기했다. 그리고 잠시 뒤, 대기실 안으로 스태프가 들어왔다.

드디어 롱 티보 콩쿠르의 마지막 테스트를 할 장소에 오를 시간이 된 것이다.

서윤은 스태프의 안내에 따라 막 대기실을 나서기 전 몸을 휙 돌리더니 혜진을 바라보았다.

"……?"

고개를 갸웃거리며 자신을 향해 의문 어린 표정을 짓는 혜진을 향해 입을 열었다.

"그랑프리 안겨드릴게요."

"어?"

"반드시 말이죠."

서윤의 나지막한, 하지만 결연함이 묻어나오는 한마디에 혜진의 입가에 서서히 미소가 번졌다.

하지만 그것도 잠시, 그녀는 서윤에게 뚜벅뚜벅 걸어오더니 그의 등짝을 세게 후려쳤다.

짝!

"아야."

"실수나 하지 마. 알았어?"

"선생님 손 되게 맵네요?"

"어서 올라가. 나도 관객석에 가 있을 테니까."

"알겠습니다."

서윤은 그렇게 말하고는 대기실을 나섰다.

혜진은 멀어져 가는 서윤의 뒷모습을 바라보며 어깨를 으쓱였다.

"폼 잡기는."

"관객석으로 이동하시죠."

매니저의 말에 혜진은 고개를 끄덕였다.

관객석으로 와서 자신들의 자리에 앉은 혜진과 매니저는 막상 시간이 다가오자 괜히 긴장감이 올랐는지 연신 꼼지락거리며 몸을 들썩였다.

그렇게 얼마간의 시간이 흐르고, 서윤이 관객들의 우레와 같은 박수를 받으며 무대 위로 올랐다.

어느덧 혜진은 눈을 감고 손을 모아 쥔 채 기도를 하고 있었다.

서윤이 피아노 의자에 앉았다.

무대 밖에는 500명에 이르는 관객이, 그리고 무대 안쪽으로는 프랑스 국립 오케스트라가 자리하고 있었다.

서윤은 가볍게 건반 위에 손을 올려놓았다. 그리고 잠시 눈을 감았다가 뜬 뒤 건반을 터치하기 시작했다.

세르게이 바실리에비치 라흐마니노프의 2번 협주곡은 첫 부분의 피아노 터치가 인상적인 곡이다.

크렘린의 종소리라는 별명을 가지고 있을 만큼 장중하고 아름다운 연주가 서윤의 손가락을 통해 메시앙 홀을 수놓기 시작했다.

뒤이어 도입부터 끝나고 프랑스 국립 오케스트라의 장중한 연주가 더해졌다.

1897년에 교향곡 1번이 초연되었을 당시 곡에 대한 악평으로 실의에 빠져 우울증에 시달리던 라흐마니노프를 치료하고 도와준 니콜라이 달에게 헌정하였던 낭만주의 후기의 걸작.

감미로운 서정성과 큰 스케일, 또한 고도의 테크닉을 요하는 난곡이 피아노 협주곡 2번이다.

'아아……'

혜진은 첫 도입부만 듣고도 확신할 수 있었다.

서윤의 장담이 이루어질 것이라고.

그것은 마렉 야노프스키 역시 마찬가지였다.

"도대체 저 청년에게는 몇 명의 피아니스트가 있는 것인가?"

첫 예선 때는 알프레드 코르트와 루빈스타인의 느낌을 주었다. 그리고 이어진 2차 예선과 리사이틀 테스트에서도 연주에 따라 변화무쌍한 모습을 보여주었다. 그리고 오늘…….

"라흐마니노프가 자신의 곡을 치는 것 같지 않은가?"

마치 자신이 작곡한 곡이라도 되는 것처럼, 저 어린 천재 피아니스트는 완벽한 테크닉, 그리고 자신의 감성으로 완벽히 라흐마니노프를 이해한 듯이 연주하고 있었다.

"South Korea… Seo Yun Kim."

예선을 거치며 이제는 알게 된 그의 국적과 이름. 그리고 85년생이라는 나이.

"볼 것도 없지 않은가?"

이만큼의 테크닉과 자신만의 감성으로 완벽히 곡을 이해해 내는 기량.

마렉 야노프스키는 어느덧 눈을 감은 채 그 아름다운 선율에 몸을 맡겼다.

그리고 서윤의 연주가 끝난 순간, 마렉 야노프스키는 다른 관객들과 마찬가지로 자리에서 일어나 기립 박수를 치고 있었다.

다음 날, 프랑스에서 한국으로 비보가 날아들었다.


롱 티보 콩쿠르를 휩쓴 자랑스러운 한국의 피아니스트. 전 대회 우승자인 김인혁 군을 넘어, 전 부문 석권.


'이번 콩쿠르 참가자들의 수준은 전반적으로 높았습니다. 하지만 김서윤 군은 차원이 다른 테크닉, 감성을 보여주었습니다.

참가자 중 유일하게 우리를 세상으로부터 이탈하게 해준 음악가였던, 그를 만날 수 있었다는 것만으로도 영광입니다.'

—2004년 롱 티보 콩쿠르 심사위원장 마렉 야노프스키—


"하아……."

MH 엔터테인먼트의 수장인 이만호는 멍한 표정으로 신문을 바라보고 있었다.

"전 부문 석권이라고?"

만호는 고개를 절레절레 저었다.

혜진의 장담이 정말로 실현되어 버린 것이다.

만호는 잠시 멍하니 앉아 있다가 소파에 몸을 묻었다.

한편…….

"오빠 롱 티보 우승했대요!"

현희가 평소답지 않게 잔뜩 흥분해서 날듯이 연습실로 뛰어들어 왔다.

그 말에 연습실에서 몸을 풀던 아이들이 놀라서 몸을 일으켰다.

"정말?"

"그것도 1등을 포함해서 전 부문 석권이라고요!"

"대단하다, 정말……."

현희의 말에 수련이 어벙한 어조로 중얼거렸다. 그리고 뒤이어 수아와 아영, 유라가 양팔을 위로 치켜들며 기뻐했다.

"만세!"

"우와앙!"

"해냈다!"

하지만 그것도 잠시였다.

"상금이 도대체 얼마야?"

"뭐 사달라고 할까?"

"난 깐풍기!"

역시나 이 세 명의 목적은 딴 데 있는 듯했다.

"오빠 언제 들어와?"

아영의 물음에 현희는 잠시 주저하다가 입을 열었다.

"그… 아마도 우승자는 특전으로 유럽이나 일본에 연주회도 해야 하고 하니까 아직 들어오려면 좀……."

현희의 절망적인 말에 세 사람은 곧바로 멘붕에 빠져 버렸다.

같은 시각 아이들과 마찬가지로 서윤의 소식에 미친 듯이 발광하며 기뻐하는 이가 있었다.

"형님 감축드립니다! 우오오오!!"

다름 아닌 서윤에게서 무적이란 예명을 이어받은 무적창현 군 되시겠다.

"얘. 이제는 무섭다, 무서워."

윤수는 그 모습을 보면서 고개를 절레절레 내저었다.

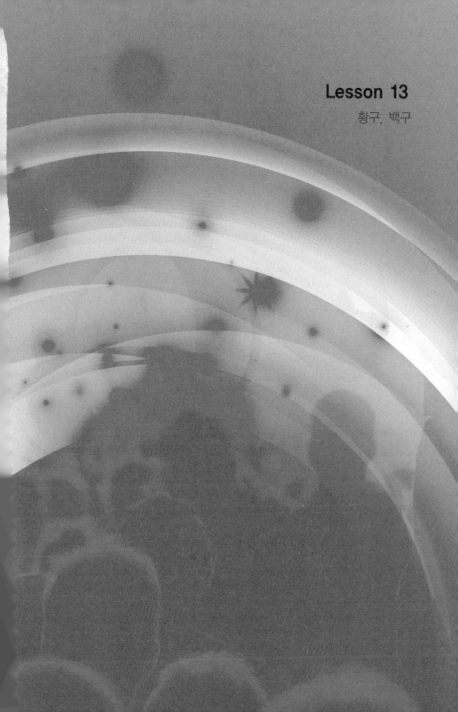

# Lesson 13

황구, 백구

"휴우~"

만호는 가볍게 숨을 골랐다. 그리고 소파에 몸을 깊숙이 묻으며 목을 죄고 있던 넥타이를 조금 느슨하게 끌렀다.

'정신이 하나도 없군.'

만호는 얼떨떨한 표정을 지으며 자신의 맞은편을 바라보았다.

그곳에는 빈 소파와 찻잔들이 덩그러니 놓여 있었다.

방금 전까지 만호의 맞은편에 앉아 계약서를 들이밀던 세계적인 레코드사의 관계자가 앉아 있던 곳이었다.

결과적으로 말하자.

만호는 방금 전 서윤의 데뷔 앨범 계약을 체결했다.

그것도 월드 와이드 계약.

롱 티보 전 부문 석권이라는 말도 안 되는 비보를 들은 뒤, MH 엔터테인먼트는 그야말로 세계 유수 레코드사 관계자들의 문의가 빗발쳤다.

그리고 오늘, 수차례의 조율 과정을 거쳐 한 곳을 선정해 계약을 체결했다.

그 말인즉슨 서윤의 데뷔 앨범이 전 세계로 유통된다는 뜻이다.


"이만호 대표님, 장담 드리죠. 올해가 지나기 전에, 세계적인 클래식 음반사들의 문의를 받게 되실 겁니다."


"정말 되어버렸군."

혜진의 장담대로 정말로 그렇게 되어버린 것이다.

"그나저나 한국에서의 발매와 유통은 따낸 것인가?"

만호는 안도의 기색을 띤 어조로 중얼거렸다.

이번 계약에는 특수한 조항이 있다. 다름 아닌 한국에서의 발매 및 유통사이다.

한국에서만큼은 서윤의 앨범이 MH 엔터테인먼트로 나가

게 된다.

그럴 수밖에 없는 것이, 서윤은 엄연히 MH와 계약이 되어 있는 피아니스트이기 때문이다.

애초에 서윤과 피아니스트로서 계약을 맺은 것도 그러한 이유였으니까.

MH 엔터테인먼트는 한국에서만큼은 굴지의 기획사 및 유통사지만 한국을 벗어난다면 양상이 달라진다.

전 세계적인 유통망과, 자신들과는 비교되지 않을 정도의 자금력을 갖춘 거대 음반사들이다.

그네들의 입장에서 서윤은 상당히 탐이 나는 먹잇감이었나 보다.

그래서였다. 수차례의 조율 과정을 거칠 수밖에 없었던 이유도.

만호는 서윤을 지키는 입장이었고, 그쪽에서는 어떻게든 빼앗아 가고 싶어 했다.

뭐, 어찌 되었건 간에 결론은 나왔다.

서윤도 지켜냈고, 계획대로 한국 내의 발매 및 유통권 역시 확보에 성공했으니까.

"뭐, 어찌 되었건… 됐군."

만호는 희미한 미소를 지었다.

하지만 이내 미간을 짚으며 짧은 신음성을 흘렸다.

며칠 동안 그네들과 씨름을 하느라 심적으로 너무 지쳤기 때문이다.

"그것보다 슬슬 홍보도 시작해야겠지."

그렇게 중얼거린 만호는 일단 대형 플랜카드부터 제작 주문했다.

"일단 회사 정문 위로 커다랗게 설치부터 하고… 녹음 스케줄이 확정되면 각 언론사에 보도 자료도 돌리고… 또……"

이렇듯 만호를 고심하게 만든 장본인은 현재 무엇을 하고 있냐면……

짝짝짝짝!

우레와 같은 기립박수를 받으며 관객석에 인사를 하고 계신 중이다.

현재 서윤이 있는 곳은 일본이다.

앞서 말했다시피 롱 티보 우승자의 특전 중 하나가 유럽과 일본에서의 연주회다.

그리고 서윤은 유럽에서의 연주회를 끝낸 뒤 곧바로 일본에서 독주회를 하고 있었다.

덕분에 한국에 잠깐 입국했다가 식충이 패밀리의 얼굴도 못 보고 곧바로 일본으로 출국해야만 했다.

롱 티보 결선을 생중계할 정도로 클래식 쪽에 관심이 많은 일본이라 그런 것일까?

롱 티보 전 부분을 석권한 천재 피아니스트, 게다가 엄청난 미남인 김서윤이란 존재는 일본 클래식계에 큰 화제를 불러왔다.

물론 클래식이란 장르 자체가 일반 대중음악에 비하면 마이너기는 하지만 '초'가 붙을 정도로 미남인 서윤의 외모는 일반 관객들에게도 신선한 충격이었나 보다.

그 때문인지 세 차례의 연주회 동안 여성 팬들의 비율이 기하급수적으로 늘어나고 있었다.

그런 모습에 일본의 관계자들도 흐뭇해하고 있었다.

어찌 되었건 서윤의 외모와 스타성은 관객들을 끌어모은다.

그것은 유럽에서도 마찬가지였다.

롱 티보의 심사위원장이었던 마렉 야노프스키가 처음 서윤을 보고 엄청난 미남이라 찬탄했던 것처럼, 그의 외모는 서양인들에게도 먹힌다.

실력과 외모, 거기다가 스타성까지 갖춘 서윤이다 보니 많은 관계자가 사양길로 접어든 클래식 시장에 새로운 바람을 몰고 올 스타가 될 것이라 기대하고 있었다.

하지만 그러거나 말거나, 서윤은 연주회를 끝내고 대기실로 돌아와 매니저에게 음료수를 건네받고 있었다.

"이걸로 일본에서의 연주회도 끝났네요."

매니저의 말에 서윤은 고개를 끄덕이며 음료수를 한 모금 마신 뒤 입을 열었다.

"이제 한국에 들어갈 수 있겠네요."

"그것보다 방금 전에 연락을 받았는데 회사에서 음반 계약 했답니다."

매니저의 말에 서윤의 얼굴이 일순간 일그러졌다.

"얼씨구? 계약했대요?"

거기까지 말한 서윤은 '바쁘군, 바빠'라고 중얼거리다가 매니저에게 시선을 주었다.

"녹음 스케줄은요?"

"늦어도 한 달 내로 잡힐 것 같아요."

"녹음하러 또 해외로 나가야겠죠?"

서윤의 말에 매니저는 쓴웃음을 지으며 고개를 끄덕였다.

"아무래도 계약한 쪽 스튜디오로 가야겠죠. 아무래도 그쪽 이 조금 더 전문적일 테니까요."

"에휴……."

서윤은 한숨을 내쉬었다. 하지만 이내 체념한 듯한 표정을 지었다.

이미 일은 벌어졌다.

더욱이 서윤은 앞으로 수년 동안 음악계에서 활동을 해야

만 한다. 왜냐하면 동아 음악 콩쿠르를 석권해서 예술 공익요
원이 되었으니까.

"어디 보자… 오늘이 2004년 12월이니까……."

훈련소에 입소했던 8월을 기준으로 이제 고작 4개월 지났
으니.

"아직 30개월이나 남았잖아."

참고로 예술 공익요원은 34개월이다.

결과적으로 2007년 6월은 되어야 자유의 몸이 되는 것이
다.

"젠장……."

서윤은 갑자기 울적해져서 자리에 쪼그리고 앉아 손가락
으로 바닥을 긁기 시작했다.

그렇게 얼마나 지났을까?

"죄송한데……."

"네?"

"남은 스케줄이 있는데……."

"에?"

"인터뷰."

매니저는 진심으로 미안하다는 어조로 조심스레 말했다.
그 모습에 서윤은 어쩔 수 없다는 듯 몸을 일으켰다.

이미 수십 곳의 매체 및 잡지사와 인터뷰를 했는데 아직도

남았단 말인가?

"몇 개요?"

"12개요."

"······."

서윤은 말을 잃었다.

결국 장장 3시간에 걸친 인터뷰를 끝낸 뒤 서윤은 '스케줄이 없으면 당장 한국으로 튀죠.'라며 한국으로 돌아오려 했다. 하지만 곧바로 들이닥친 일본 클래식계 인사들로 인해 귀국을 하루 늦춰야만 했다.

한편 같은 시각.

우리의 이정민 여사는 한 여편네를 만나고 있었다.

자신으로 하여금 아들 내미를 롱 티보에 출전시키게 만든 장본인인 김미령 여사였다.

참고로 그녀는 요 근래 이정민 여사를 피하고 있었다.

그럴 수밖에 없는 것이, 서윤의 국내 콩쿠르를 평가절하해 이정민 여사를 분노의 구렁텅이로 몰아넣은 장본인이 아닌가?

그런데 자신의 딸이 5위였던 롱 티보에 나가 전 부문 석권을 해버렸으니 그 콧대가 어떻겠는가?

김미령 여사가 그녀를 피한 이유는 그래서였다.

하지만 이놈의 여편네가 어찌나 집요한지 결국 오늘 만나고 만 것이다.

그리고 김미령 여사의 예감은 틀리지 않았다.

"오호호! 롱 티보 5위? 5위? 우리 아들은 전 부문 석권이다!"

이정민 여사는 열심히 외치며 김미령 여사의 심기를 긁고 있었다.

처음에는 고개를 끄덕여 주며 참았다. 하지만 한계는 있는 법이다.

10분 정도 들어주던 김미령 여사가 폭발했다.

"시끄러, 그래 봐야 너희 아들이 우리 딸한테 '백주하 교수님' 이라고 불러야 하는 사실에는 변함이 없으니까."

백주하는 예정대로 2005년 1학기부터 서울대 기악과에 역대 최연소 교수로 취임이 결정되었다.

김미령 여사는 그 점을 이정민 여사에게 공격 수단으로 삼은 것이다.

물론 거기에서 그치지만은 않았다.

"게다가 롱 티보? 우리 딸은 롱 티보 이외에도 세계 유수의 콩쿠르에서 모두 상위 입상했다고. 게다가 연주 커리어 자체는 서윤이보다 아직 위야! 왜 이래?"

"뭐?"

21세기 대한민국 음악계를 이끌 대형 바이올리니스트, 바

이올린의 역사를 다시 쓰는 한국의 젊은 비르투오소라 추앙
받는 것이 백주하였다.

서울대학교 음악대학 최연소 교수 부임 등의 타이틀로 설
명이 부족한 최정상의 바이올리니스트인 것이다.

확실히 김미령 여사의 말대로 커리어 자체로는 아직 서윤
이 비할 바가 아니다.

더욱이 백주하는 이미 세계에서 활동하고 있었고 서윤은
이제 막 시작하는 단계.

"대단하다는 것은 인정할게. 하지만 서윤이는 이제 막 발
걸음을 뗀 아이잖아. 어딜 우리 딸이랑 비교해? 네 아들 카네
기 홀에서 공연해 봤어? 해봤냐고!"

"뭐, 뭐?"

"카네기 홀이라고 들어는 봤니?"

얼씨구? 어째 점점 유치해져 가는 듯하다.

역시 자식이 끼면 저렇게 되나 보다.

하지만 문제는 저런 유치한 자존심 싸움이 격화되면 눈이
돌아간다는 사실이다.

결국 그날의 싸움의 승리자는 다시 한 번 김미령 여사가 되
었다.

그리고 그 패배감을 인정할 수 없었던 서윤의 모친, 이정민
여사는 모든 스케줄을 끝내고 일본에서 귀국한 아들 내미가

집에 들어서기 무섭게 들이닥쳤다.

"아들! 아들은 언제 카네기 홀에서 공연할 수 있어?"

"에? 갑자기 무슨 소리야?"

앞뒤 다 잘라먹고 카네기 홀 공연을 외치는 모친의 말에 서윤이 고개를 갸웃거리며 물었다.

그제야 이정민 여사는 김미령 여사와 있었던 일을 이야기해 줬다.

"에휴, 엄마. 뭘 그런 걸 가지고 그래."

"고게 얼마나 밉살맞게 말했는데!"

카드를 잘라 버린다는 협박에 굴복해 룽 티보에 참가했던 상황과 흡사하다는 느낌을 억지로 밀어 넣으며 발걸음을 놀렸다.

왠지 대꾸해 주다가는 수렁으로 빠질 것 같은 불길한 기분이 들어서였다.

서윤은 재빨리 방으로 올라와 씻은 뒤 옷을 갈아입었고 내려왔다.

이럴 때는 재빨리 내빼는 게 장땡이다.

"어라? 나가려고?"

"그래, 회사도 다녀오고 선생님들도 만나려고."

"너……."

"다녀올게!"

이정민 여사가 뭐라 하기 전에 서윤은 재빨리 집을 나섰다.

제일 먼저 서윤이 향한 곳은 당연하게도 회사였다.

하지만 서윤은 회사 앞에 망연히 서 있을 수밖에 없었다.
그 이유는 다름이 아니었다.

회사 앞 정문 위에 걸려 있는 대형 플랜카드.


롱 티보 국제 콩쿠르 전 부문 석권의 신화!

전 세계가 주목하는 천재 피아니스트 김서윤.

데뷔 앨범 전 세계 발매 결정!


게다가 떡하니 플랜카드에는 연주복을 입고 있는 서윤의
사진까지 박혀 있다.

"아, 쪽팔려."

서윤은 얼굴을 감쌌다.

창피함에 회사 안으로 후다닥 들어온 서윤을 처음 맞이한
것은 안내데스크의 여직원이었다.

"서윤 씨, 오래간만이에요."

"안녕하세요."

"그것보다 축하드려요."

"감사합니다."

여직원의 축하 인사에 서윤은 고개를 숙여 답한 뒤 휙 다가

서며 나지막한 목소리로 물었다.

"오늘 그놈 없죠?"

"아, 창현 씨요?"

그놈이란 말에 곧바로 창현의 이름이 튀어나온다.

서윤의 빠돌이 심창현 군의 위엄(?)이었다.

"네, 오늘은 없어요."

"그것 참 다행이군요."

서윤은 안도하며 계단을 올랐다.

여자 연습실 층으로 올라서자 때마침 쉬는 시간인지 여자 연습생들이 복도에 나와 있었다.

"안녕하세요!"

아이들은 서윤을 발견하고는 꾸벅 인사를 했다.

그리고는 이내 아이들이 눈을 반짝이며 서윤에게 몰려들었다.

아이들도 들은 것이 있다.

더욱이 롱 티보를 휩쓸었다는 비보가 전해진 뒤 회사 내부에서도 화제가 되었었기 때문이다.

세계적인 권위의 롱 티보 콩쿠르 전 부문 석권.

더욱이 서윤은 피아니스트로서뿐만이 아니라 현재 활동 중인 해동진기의 원 리더로서 댄스와 노래 실력 또한 엄청났다.

이제 연습생들에게 서윤이 무서운 사람이란 인식은 사라진 상태였다.

서윤에 대한 인식 변화는 회사에서의 연주회였다.

처음에는 갑작스런 아이들의 변화에 다소 당황했지만 이제는 그러려니 한 상태다.

"오냐."

"축하드려요."

"그래, 고맙다. 그것보다 식충이들은?"

다른 연습생들도 서윤이 아영을 비롯한 아이들을 식충이들이라 부르는 것을 알고 있었다.

서윤의 물음에 여자 연습생이 '불러올까요?' 라고 되물었다. 서윤은 가볍게 고개를 내저었다.

"위에 인사부터 드리고 올란다."

"네."

서윤의 말에 아이들은 한목소리로 대답하고는 후다닥 연습실로 달려갔다.

곧바로 식충이들에게 서윤이 왔음을 알리기 위함이겠지.

서윤은 피식 웃으며 만호가 있는 사무실로 발걸음을 옮겼다.

이미 출발하기 전에 만호와 통화를 했기에 그가 사무실에 있음을 알고 있었다.

대표실에 들어가니 비서 아가씨가 서윤을 맞이했다.

"안녕하세요. 안에 계시죠?"

"네. 기다리고 계세요. 잠시만요."

이윽고 안쪽에서 들어오라는 말이 들리자 서윤은 안으로 들어갔다.

"오, 왔느냐?"

서윤이 들어서자 만호가 안면에 미소를 띤 채 서윤에게 다가왔다.

"그동안 안녕하셨죠?"

"나야 뭐 별일 있었겠니? 그것보다 축하한다."

"감사합니다."

"일단 앉거라."

만호의 말에 서윤은 소파에 앉았다.

"차는?"

"괜찮습니다."

서윤의 말에 만호는 고개를 끄덕인 뒤 안부를 물었다.

"유럽하고 일본에서의 연주회도 성공적이었다고 들었다."

"피곤했죠. 연주회는 그렇다 치더라도 무슨 인터뷰며, 파티 초청하는 데가 그리 많은지."

지금 생각해도 끔찍하다는 어조에 만호가 히죽 웃었다.

"그만큼 주목을 받고 있다는 뜻이다."

"귀찮아요."

"그것보다 축하한다는 말을 잊을 뻔했구나."

"아, 감사합니다."

서윤은 고개를 꾸벅 숙이며 감사를 표한 뒤, 손뼉을 탁 치며 입을 열었다.

"그것보다 플랜카드 그거 뭐예요? 창피해 죽는 줄 알았습니다."

"아, 그거?"

만호는 미소를 지었다. 솔직히 조금 오그라드는 문구이기는 하지만 홍보를 할 때는 필요하다.

"그것보다 계약한 것은 들었지?"

"네. 녹음은 언제, 어디서 하나요?"

"조만간 그쪽에서 이야기가 올 거야. 되도록 빨리 발매를 원하는 듯하니 오래 걸리지는 않겠지."

서윤은 고개를 끄덕였다.

그 뒤로 십여 분 정도 담소를 나눈 뒤 서윤은 자리에서 일어섰다.

"이만 내려가 보겠습니다."

"그래. 조만간 식사나 같이 하도록 하지."

"네, 시간 되실 때 말씀해 주시면 맞추도록 하겠습니다."

서윤은 그렇게 말하고는 만호의 사무실을 나와 여자 연습생들이 연습하는 층으로 내려왔다.

그러던 중 뒤에서 자신을 부르는 소리가 들려왔다.

"오빠."

"뭐야, 외국물 꼬맹이 동생이냐?"

익숙한 목소리에 서윤이 고개를 돌려보니 다름 아닌 수경이었다.

"또 놀러 온 거냐?"

"아니, 방금 전에 왔지. 오빠 왔다는 소식 듣고."

"하!"

서윤은 너털웃음을 흘렸다.

"요 꼬맹이 녀석, 밥 얻어 먹을려고?"

"응, 그런 거야."

뻔뻔하게 긍정하기까지 한다.

서윤은 가볍게 한쪽 무릎을 꿇으며 수경과 눈을 맞췄다.

"요 몇 달 새에 좀 컸네?"

2년 전 처음 봤을 때만 해도 완전 아기였는데, 이제는 제법 커졌다.

"무슨 외국인 학교 다닌다고 했던가?"

"응, 언니랑 같이 다녀. 그리고 또 다른 언니도."

"응?"

"얼마 전에 미국에서 온 연습생 언니. LA에서 왔대."

"그래."

뭐, 외국에서 왔다는 그 연습생은 알 것 없고, 서윤은 다른 식충이 패밀리를 보기 위해 몸을 일으켰다.

아니, 정확히 말하자면 일으키려 하다가 수경에게 제지당했다.

수경이 돌연 서윤의 팔을 잡아챈 것이다.

"뭐냐?"

"오빠야말로 뭐야?"

"뭐, 임마."

"팔."

"앙?"

"팔 내밀어."

"이 녀석, 또 팔에 걸터앉으려는 거냐?"

"2년 전부터 오빠 팔은 내 놀이기구니까."

수경의 당돌한 말에 서윤은 피식 웃으며 오른팔을 내밀었다. 그러자 수경은 눈을 동그랗게 뜨더니 고개를 내저었다.

"오른팔 말고 반대편."

"앙?"

"오른팔은 현희 언니 거."

"그게 무슨 뚱딴지같은 소리야?"

이런 면에 있어서는 둔감하기 짝이 없는 서윤은 현희가 그의 오른팔에 집착한다는 사실을 알 리 없었다.

그러거나 말거나 수경은 힘으로 서윤의 왼팔을 앞으로 빼내 엉덩이를 걸치고 앉았다. 그리고 혹시나 떨어지지 않을까, 서윤의 목에 팔을 두른 뒤 상큼한 어조로 말했다.

"오빠, 가자."

"싱거운 녀석."

서윤은 영문을 모르겠다는 어조로 말한 뒤 몸을 일으켰다.

"역시 윗 공기는 상쾌하구나."

"애들 무슨 연습실이야?"

"지금쯤이면 3층 보컬실에 있을걸?"

"그래."

서윤은 수경을 팔에 얹은 채 3층으로 향하는 계단을 올랐다.

"그것보다 꼬맹아, 넌 언제 정식으로 계약하냐?"

"글쎄."

"듣자 하니 어려서부터 CF도 찍었다고 하더만."

"아직은 조금 어려서. 내년이나 내후년이면 정식으로 하게 되지 않을까?"

"그랴, 그랴. 그리고 요즘 정호 할배는 어때? 아직도 너나 아영이한테 시집오라고 하디?"

"그 오빠는 여전하지."

"오호라, 그렇단 말이지?"

서윤이 의미심장한 어조로 중얼거렸다.

그 시각, 열심히 댄스 레슨을 받고 있던 박정호 군은 돌연 오한을 느꼈다.

하여튼 간에 3층 보컬실에 당도한 서윤의 입가가 비틀려 올라갔다.

"우우우……."

보컬실 문 앞에 쪼그리고 앉아 손가락으로 복도 바닥을 긁고 있는 녀석이 보였기 때문이다.

두툼한 애교살에 인형같이 예쁜 외모의 소유자, 임아영 양이었다.

"이야, 식충이 2. 여전하네?"

서윤의 말에 아영이 고개를 들었다. 그리고 눈을 동그랗게 떴다.

"어라? 오빠!"

"야, 임마. 넌 어떻게 그 포지션을 벗어나질 못하냐?"

"우우우……."

"아무리 가르쳐도 늘지 않고. 희한해… 나름 열심히는 하는데 말이야. 정말 재능이 없는 것일까?"

"정말 그런 걸까?"

"꼬맹이, 어린이 바이엘은 뗐냐?"

자신의 수준으로 체르니 100이 버겁다는 것을 인정한 아영은 결국 어린이 바이엘로 다시 돌아갔다.

  참고로 아영은 서윤이 11월에 출국할 때까지도 어린이 바이엘을 떼지 못했다는 점을 일러두자.

  "나, 나 체르니 100 들어갔다 뭐."

  "오올~ 진짜?"

  "그래!"

  "언제부터?"

  움찔.

  순간 아영의 어깨가 작게 흔들렸다.

  그리고 그 미세한 변화를 놓칠 서윤이 아니다. 그는 아영에게 다가와 이죽거리듯 물었다.

  "언제 들어갔는데? 언제?"

  "그, 그저께……?"

  기어 들어가는 아영의 목소리에 서윤은 박장대소했다.

  "하하하, 어린이 바이엘 떼는 데 너처럼 오래 걸리는 애는 처음이다."

  "우씨, 놀리지 마!"

  휙! 덥썩!

  언제나처럼 길길이 날뛰며 몸을 날린 아영을, 서윤은 언제나처럼 공중에서 잡아챘다.

"내려놔."

"나이를 먹을수록 어째 머리가 더 단단해지는 듯해."

서윤에게 머리통을 붙잡힌 채 대롱대롱 매달린 아영이 귀엽게 눈을 부라렸다.

"우씨, 내려놓으라고."

화내는 모습이 귀엽기는 하지만 더 놀렸다가는 정말 삐질 염려도 있기에 서윤은 이만하고 내려놨다.

"패거리는?"

"패거리라니!"

"또 공중에 대롱대롱 매달리고 싶으면 달려들든지."

"쳇."

아영은 혀를 쯧 하고 찼다. 그리고는 보컬실을 가리켰다.

"안에 다들 있어."

"들어가도 상관없지?"

"응."

아영의 말에 서윤은 수경을 안아 든 채 조심스레 보컬실 문을 열고 안으로 들어갔다.

안에는 아이들에 벽에 몸을 붙인 채 발성 호흡 훈련을 하고 있었다.

트레이너가 호흡을 하는 아이들의 복부를 손으로 연신 눌러대고 있었다.

"배에 힘 빠지지? 힘 빡 줘."

"유라, 너 호흡 더 길게 안 뿜어?"

"죄송합니다."

제법 진지한 상황에 서윤은 보컬실 한켠에 자리를 잡고 앉아 아이들이 하는 모습을 주시하고 있었다.

"두 명은 처음 보는 애네?"

서윤이 이제는 팔에서 내려온 수경에게 물었다.

어느새 트레이너에게 붙잡혀 호흡을 내뱉고 있는 아영을 비롯해 수아, 현희, 유라, 수련은 그렇다 쳐도 두 명은 처음 보는 애였다.

"저기 작고 하얀 언니는 얼마 전에 들어왔는데, 전주에서 온 연지 언니. 그리고 연지 언니 옆에 찰싹 붙어 있는 언니가 아까 말한 그 언니야."

"그 외국인 학교에 너랑 외국물 꼬맹이랑 같이 다닌다는?"

"응, 이름이 티아라 황. 한국 이름은 황음정이래."

"그렇구나."

"근데 저 언니는 한국말 거의 못해."

"……"

서윤은 가만히 고개를 끄덕인 뒤, 애들이 연습하는 모양새를 가만히 바라보기 시작했다.

그렇게 얼마나 시간이 지났을까?

마침내 수업이 끝났다.

"수고하셨습니다!"

아이들의 인사에 트레이너가 가볍게 손을 들어 답하고 다음 시간까지 연습할 것을 말해준 뒤 연습실을 나섰다.

모두들 고개를 끄덕이지만, 단 한 명, 미국에서 왔다는 티아라 황인가 뭔가 하는 아이는 눈을 꿈벅이며 멍하니 서 있었다.

「연지, 선생님이 뭐라고 했어?」

연습할 때도 전주에서 왔다는 김연지의 옆에 찰싹 붙어 있던 황음정이 영어로 물었다.

순간 연지가 당혹스럽다는 표정으로 머리를 긁적였다.

"뭐라는 거여?"

연지는 약간의 사투리가 묻어나오는 어조로 중얼거리며 난처한 표정을 짓다가, 조심스럽게 수련에게 시선을 주었다.

그러자 수련은 가볍게 한숨을 쉬더니 음정에게 트레이너의 말을 전해주었다.

「고마워」

「한국어 공부 열심히 해야 할 거야.」

「응! 알았어, 제시.」

연신 고개를 주억거리며 눈웃음을 짓는 모습이 꽤나 귀엽다. 그리고는 다시금 연지에게 달라붙어 조잘거린다.

「연지, 나 알았어.」

"어? 어?"

「난처한 표정을 짓는 연지, 귀여워~」

"그만 달라붙어."

하얀 피부에 작은 체구의 연지는 당황한 듯했지만 끈질기게 달라붙는 음정에게 체념한 듯 이내 몸을 늘어트렸다.

그 모습을 바라보던 서윤은 피식 웃었다.

연신 눈웃음을 지으며 하얀 아이에게 달라붙어 볼을 비벼대는 모습은 마치 강아지 같다. 더욱이 하얀 아이나 저 눈웃음 아이나 둘 다…….

"강아지상이구만."

"앙? 오빠 그게 무슨 소리야?"

그러거나 말거나 서윤은 유라를 불렀다.

"흑구."

"오빠!"

서윤의 말에 유라가 반가웠는지 쪼르르 달려왔다.

뒤이어 연지와 음정을 제외한 나머지 식충이 패거리가 서윤에게 다가왔다.

"여전하구만, 흑구."

"흑구 아니다, 뭐."

토라진 듯한 모습에 서윤은 유라의 머리를 가볍게 쓰다듬어 주었다. 그러자 쓰다듬는 감촉이 좋았는지 배시시 웃는다.

"음… 역시 강아지군."

"에이 씨!"

입을 댓 발이나 내밀고 투덜거리는 유라를 뒤로하고 애들과 인사를 나눴다.

"오빠, 축하해요."

"그래."

"한국에 언제까지 있을 거야? 오라방?"

"잘은 몰라. 하지만 조만간 앨범 녹음하러 해외로 나가게 될걸?"

"에이, 또?"

서윤의 말에 식충이 1, 수아가 시무룩한 표정을 지었다.

그 모습에 서윤이 피식 웃었다.

"이제 열심히 얻어먹을 수 있겠거니 했겠지. 하지만 이 오빠는 좀 바쁜 사람이 되었단다."

"그런 거 아니다!"

"정말?"

서윤의 물음에 수아는 엄지와 검지 손가락이 닿을랑 말랑 살짝 떼어놓으며 말했다.

"뭐, 약간은 그런 것도 있기는 하지. 요만큼."

"약간이 아닐 텐데?"

"우씨!"

"하여튼 모두들 간만에 봤는데 식사나 하러 가자."

서윤은 카드를 들어 보이며 말했다.

그러자 아이들은 눈을 빛내며 각자 먹고 싶은 메뉴를 늘어
놓기 시작한다.

"소갈비!"

"깐풍기!"

"꽃등심!"

"스파게티……."

"콩 요리 전문점은 어떤가요?"

마지막은 웰빙 음식 예찬론자 현희였다.

"일단 나가자고."

서윤은 그렇게 말하며 애들을 이끌었다. 그때 유라와 수아
가 힐끔 뒤를 돌아보았다.

갑작스레 들이닥친 낯선 초미남.

게다가 와자지껄한 아이들의 모습에 적응하지 못하고 멀
뚱히 서 있는 연지와 음정이 마음에 걸린 것이다.

"오라방, 쟤네도 가면 안 돼?"

수아의 말에 서윤은 두 아이를 잠시 바라보다가 손을 까닥
였다.

"컴온."

서윤의 말에 연지와 음정은 주춤거리며 다가왔다.

"소개."

"전주에서 온 김연지입니다. 89년생입니다. 잘 부탁드립니다."

서윤의 말에 연지가 먼저 소개를 한다.

그리고는 언제나처럼 눈만 꿈벅이고 있는 음정의 옆구리를 툭 하고 쳤다.

그러가 음정은 더듬거리며 어설프기 짝이 없는 한국어로 자신을 소개한다.

"미, 미쿡에서… 왔습니다. 그… 음… 아…….."

「영어로 말해도 돼.」

서윤은 유창한 영어로 말했다. 그러자 음정은 놀란 표정을 지었다.

「왜?」

「아닙니다. 의사소통이 조금 어려워서요. 한국말 어려워요.」

「식사 같이하러 가지.」

「괜찮나요?」

서윤은 고개를 끄덕였다. 그러던 중 문득 입가에 의미심장한 미소가 지어졌다.

그는 유라를 바라본 뒤, 연지에게 시선을 주더니 입을 열었다.

"넌 하야니까 이제부터 백구."

"네? 네?"

당황한 연지의 반문은 살짝 무시하도록 하자.

"그리고 눈웃음 날리는 이 녀석은……."

잠시 생각하던 서윤은 손뼉을 탁 하고 치더니 말을 이었다.

"황씨니까 황구."

「……?」

한국말을 알아듣지 못하는 음정은 고개를 갸웃거릴 따름이었다.

서윤은 히죽 웃으며 유라와 연지, 음정을 차례로 바라보았다.

"흑구, 백구, 황구… 모두 모였군."

"난 흑구가 아니에요!"

"에? 에?"

날뛰는 유라, 그리고 이 상황에 어찌할 바를 모르는 연지를 뒤로하고 음정은 나지막이 중얼거렸다.

「백… 구? 황… 구? 왠지 모르게 귀여운 발음이야.」

뜻은 모르겠지만 어감이 마음에 들었는지 연지에게 달라붙으며 말했다.

"백구야!"

"아니야!"

참고로 음정은 몇 시간 뒤 황구와 백구의 뜻을 수련에게 들은 후 충격과 공포에 몸을 떨었다고 한다.

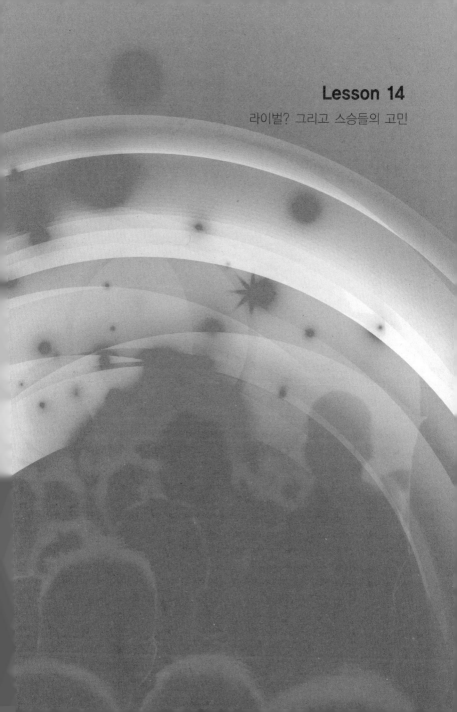

# Lesson 14

라이벌? 그리고 스승들의 고민

"맛있냐, 백구?"

전라도 전주에서 올라온 김연지 양은 능글맞게 자신을 백구라고 부르는 남자를 바라보았다.

청소년 가요제 대상 수상 경력을 바탕으로 얼마 전 MH 엔터테인먼트와 연습생 계약을 맺은 그녀에게, 하루아침에 백구란 별명이 생겨 버린 것이다.

그것도 오늘 처음으로 본 사람에 의해서.

처음에는 '뭐 이런 사람이 다 있지?' 란 생각도 했다.

'내가 좀 하얗기는 하지만…….'

자신과 음정, 그리고 얼마 전 친해진 유라를 가리켜 백구 황구, 흑구가 다 모였다고 놀리질 않나, 하여간 무례한 사람이다.

"뭘 그렇게 뚫어져라 보냐?"

서윤이 물어오자 연지는 휙 하고 음식 접시로 고개를 박았다. 하지만 그것도 잠시였다.

음식 접시에 고정되어 있던 눈동자가 다시금 서윤에게 향했다.

'그건 그렇고 정말 살 떨리게 잘생겼네.'

그야말로 '초' 자가 붙을 만큼 미남이다.

연지는 보컬실에 서윤이 들어왔을 때, 그의 뒤로 후광이 비치는 것 같았다.

그런 말들 하지 않는가?

TV에 나오는 미남 배우들을 실제로 보면 얼굴에서 빛이 나는 것 같다는 그런 말들.

연지는 오늘 그것을 실제로 느꼈다.

'그런데 어디서 봤더라?'

외모에 관한 것은 둘째 치고 어디선가 본 것 같은 낯익음에 연지는 고개를 갸웃거렸다.

"왜 자꾸 빤히 보냐?"

아차차, 또 눈이 마주쳤다.

연지는 왠지 모르게 머쓱해져서 머리를 긁적였다.

그러다 옆에서 연신 음식을 흡입 중인 유라에게 물었다.

톡톡.

"크르르르르!"

아, 묻지 못했다.

연지가 조심스레 어깨를 건드리자마자 유라가 눈에 쌍심지를 켜고 이빨을 보였기 때문이다.

하긴 먹을 때는 개도 안 건드린다던데… 아니, 그것보다 진짜 강아지 같다.

"잠시 화장실 좀."

때마침 서윤이 자리에서 일어났다. 서윤이 화장실로 들어가는 것을 확인한 후 연지가 아이들에게 물었다.

"그런데 저 오빠는 누구셔?"

"응? 너 몰라?"

연지의 물음에 아이들이 눈을 동그랗게 뜨며 반문했다.

"나 들어온 지 얼마 안 됐잖아."

"그래도 그렇지. 아주 회사 앞에 이따시만하게 현수막도 걸어놓고 했는데."

수아의 말에 연지는 잠시 고개를 갸웃거리다가 손벽을 탁하고 쳤다.

어째서 낯이 익은 건지 깨달았기 때문이다.

그녀 역시 매일 연습하러 올 때마다 봤었다. 왜 그것을 생각해 내지 못했을까?

"그럼 저분이?"

"저분은 무슨. 그냥 오빠라고 해."

"그… 엄청 대단한 분이잖아."

롱 티보인가 뭔가 하는 세계적인 콩쿠르를 휩쓸었단다. 회사에서도 엄청 화제가 되었었고, 뉴스에도 보도되었을 정도니까.

"근데 정말로 해동진기의 원래 리더였었어?"

연지 역시 화제가 되었을 때 들은 게 있어서 물어봤다.

솔직히 말해 의아스러운 것이 사실이었다. 세계적인 콩쿠르를 휩쓸 정도의 실력자가 아이돌 그룹의 멤버가 될 뻔했다는 것이 말이다.

"사실이야."

수련이 가볍게 고개를 끄덕이며 말했다.

"춤이랑 노래가 잘 안 됐나?"

"오라방 춤이랑 노래는 연습생들 중 최고였다고."

연지의 반문에 수아가 왠지 모르게 발끈해서 말했다. 그러자 사실이라는 듯 나머지 아이들도 고개를 끄덕였다.

"게다가 서윤 오빠는 작사 작곡도 했어요."

"그, 그래?"

연지는 멍한 표정을 지었다.

"그럼요. 가수 김현우 알죠? 그분 앨범에도 참여했어요. 피아노 세션도 했고요."

"그, 그렇구나."

들으면 들을수록 뭔가 비현실적인 사람 같다.

그때 화장실에 갔던 서윤이 돌아왔다.

"뭔 이야기들을 그렇게 하냐?"

"그냥 오빠 이야기?"

"그러냐?"

서윤은 별것 아니라는 표정으로 고개를 끄덕이더니 자리에 앉아 수저를 들었다.

"어서들 먹어라. 오빠 또 가볼 때가 있으니까."

서윤의 말에 아이들의 얼굴에 살짝 서운한 기색이 깃들었다. 정말 간만에 봤는데 금세 가버린다고 하니 더욱 그랬다.

"내일도 올 거야?"

"녹음 스케줄이 잡힐 때까지는 그렇겠지."

"만세."

"당연히 만세겠지."

서윤은 이죽거리며 말했다. 그때 현희가 말했다.

"앞으로는 해외 공연 많이 다니시겠네요?"

"듣자 하니 꽤 요청이 들어오는 모양이더라."

"그런데 오빠."

"응?"

"앞으로는 어떻게 하실 거예요?"

현희의 물음에 서윤은 의아한 표정을 지었다. 무슨 의미인 거지?

"다른 콩쿠르도 나가실 계획 있어요?"

현희의 물음에 서윤의 표정이 대번에 일그러졌다.

"귀찮은 짓은 그만이다."

"에? 그만이요?"

"시간은 겁나게 잡아먹고, 준비할 것도 산더미… 아아~ 질렸어."

"뉴스 같은 데서 오빠가 내년에 있을 쇼팽 콩쿠르에 나가지 않을까 하던데요?"

"앙? 그게 뭔 소리냐?"

"쇼팽 콩쿠르를 빛낼 피아니스트에 오빠랑 피아니스트 김인혁 님이랑 같이 이름이 올랐더라고요."

현희의 설명은 이러했다.

세계적으로 유명한 클래식 음악 평론지인 그라모폰에 실린 기획 기사로, 내년에 열릴 세계 3대 피아노 콩쿠르 중 하나인 쇼팽 콩쿠르를 빛낼 만한 젊고 유망한 피아니스트 후보를 자기들 나름대로 선별했단다.

문제는, 한국에서는 서윤과 작년 3대 콩쿠르 중 하나인 퀸 엘리자베스 콩쿠르에서 심사를 거부해 화제가 되었던 김인혁의 이름이 기재되어 있다는 점이다.

아무래도 세계적인 명성의 잡지다 보니, 국내 언론에서 재빨리 퍼다 나른 모양이었다.

"참가할 생각도 없는데 뭔 지들끼리 뽑고 난리야."

서윤의 투덜거림에 현희가 아쉽다는 표정을 지었다.

"참가하시면 좋을 텐데."

"내가 왜."

서윤은 귀찮다는 표정으로 손을 내저었다.

"우웅."

현희는 왠지 모르게 불퉁한 표정을 지을 뿐이었다.

그 모습에 서윤이 의아한 표정을 지으며 아영에게 시선을 주었다. 얘 왜 이러는지 아냐는 무언의 물음이었다.

이런 면에 있어서는 눈치가 빠른 아영이 입을 열었다.

"며칠 전에 어디 인터넷 커뮤니티에서 싸웠대."

"앙? 이 녀석이?"

서윤은 놀랍다는 표정으로 현희를 바라보았다. 그의 시선을 느꼈는지 현희는 민망한 듯 고개를 숙였다.

아영의 설명은 이러했다.

지금이야 어떠하든, 서윤의 첫 번째 피아노 선생은 현희다.

그래서일까? 현희는 제자의 출세에 기쁜 나머지 가끔 온라인상의 클래식 사이트나 커뮤니티에서 서윤에 대한 반응을 들여다보고는 했다.

주로 아이돌을 키우는 연예 기획사 소속이라는 이색적인 경력부터 빼어난 외모까지.

맨 처음에는 찬양 일색이었단다.

문제는 방금 전 아이들의 입에서 나왔던 그라모폰의 기사가 뜬 뒤였다.

비록 서윤이 롱 티보에서 유례없는 성적을 남기기는 했지만 이미 세계적인 명성을 쌓은 김인혁에 비할 바는 아니라는 말이 나온 모양이다.

김인혁 역시 준수한 외모에 빼어난 실력을 바탕으로 상당한 팬을 보유하고 있는 스타 피아니스트다.

그녀들 입장에서는 이제 막 발걸음을 뗀 신예와 동일 선상에서 언급되었다는 것 자체가 마음에 들지 않았던 것이겠지.

문제는 어떻게 알았는지, 현희의 팬클럽, '아름다운 피아니스트 김서윤의 보금자리'의 팬들이 참전했다는 것이다.

'팬클럽? 아……!'


"'아름다운 피아니스트 김서윤의 보금자리' 거든요. 원래는 'MH연습생 김서윤 팬카페였어요."

"제가 운영자예요."


'그 아이구나?'

서윤 자신이 본진이고 해동진기는 멀티라며 수줍게 웃던 소녀 팬이 생각났다.

'그러고 보니 한번 들여다본다는 걸 깜빡했네.'

하여튼, 그때부터 커뮤니티에서 댓글 전쟁이 일어났단다.

그때까지도 속앓이만 하던 현희가 점점 격화되는 댓글 전쟁에 참다 못해 참전하고 만 것이다.

"도대체가 논리도 없고… 무작정 깎아내리기만 하니. 화가 나서……."

현희의 목소리는 점점 작아졌다. 당시 자신의 모습이 부끄러운가 보다.

그 모습에 서윤은 어깨를 으쓱이더니 손을 뻗어 현희의 머리를 헝클어뜨렸다.

"아앗! 머리카락 엉켜요."

"녀석, 뭣하러 그러냐."

"그래도."

"싸웠다는 애한테 이런 말 하기는 좀 이상하지만 하여튼 생각해 준 거는 고맙다."

"……?"

"그래도 다음에는 그러지 말아라."

"네."

현희의 시무룩한 말에 서윤은 어깨를 으쓱이다가 시간을 확인하곤 겉옷을 입었다.

"이만 일어나야겠다."

"어, 벌써요?"

"저녁에 친형이랑 약속이 있어서. 계산하고 간다."

"내일 봐요."

"오냐."

서윤은 애들에게 손을 흔들며 자리에서 일어났다.

앉아서 손을 흔드는 애들과는 달리, 오늘 처음으로 본 연지와 음정은 자리에서 일어나 꾸벅 인사를 했다.

"잘 먹었습니다."

"잘… 먹었… 습니… 다."

연지에 이어 서투른 음정의 인사가 이어졌다. 아까부터 음정의 옆구리를 툭툭 치면서 귓속말로 주고받고 손짓 발짓을 하더니 이건가 보다.

서윤은 피식 웃으며 가볍게 손짓을 한 뒤 식당을 나섰다.

"후아."

그리고 서윤의 모습이 완전히 시야에서 사라지자 연지가 긴 한숨을 내쉬며 자리에 풀썩 주저앉았다.

"웬 한숨?"

유라의 물음에 연지는 고개를 절레절레 저으며 말했다.

"그냥 좀 긴장했었어."

"뭘 긴장씩이나 하고 그래."

"그럼 긴장 안 되냐? 오늘 처음 본 사람인데. 게다가 엄청난 피아니스트라며."

"서윤 오빠는 대단하죠."

연지의 말에 현희가 왜인지는 모르겠지만 신 나서 대답했다. 그리고는 피아노를 배운 지 2년도 채 되지 않아서 국내 콩쿠르를 휩쓸고 최고의 명문대인 서울대에 입학한 것을 쭉 나열하기 시작했다.

"정말 대단한 오빠구나."

현희에게 들은 것들은 보통 사람으로서 상상하기 힘들 정도였다.

"하지만 그만큼 열심히 하셨으니까요."

현희의 말에 유라도 동의한다는 듯 말했다.

"정말 그 오빠 처음 봤을 때는 무서워 죽는 줄 알았는데."

유라의 말에 수련이 덧붙이듯 말했다.

"그 당시엔 서윤 오빠 안 무서워하는 사람이 없었으니까. 너희 둘만 빼고."

수련의 너희 둘이란 것은 아영과 수아를 지칭하는 것이었다. 두 사람은 히죽 웃으며 어깨를 으쓱였다.

"우리는 뭐 친해지고 난 뒤에 알게 된 거라서."

"무서워?"

연지는 고개를 갸웃거리며 물었다. 좀 틱틱거리는 말투기
는 하지만 무섭다는 느낌은 전혀 받지 못했기 때문이다.

그 모습에 아영의 입가에 못된 미소가 지어졌다.

"어머, 우리 언니는 모르시는구나?"

"응?"

"오늘 숙소 가시면 인터넷으로 오산고 17대1이라고 쳐보
세요. 재미있는 거 나와요."

"오산고 17대1?"

"꼭 봐요?"

"어? 어. 알았어."

장난기 가득한 표정으로 거듭 강조하는 아영의 말에 연지
는 고개를 끄덕일 수밖에 없었다.

그리고 다음 날.

"밥 먹자."

서윤은 아이들과 식사를 하기 위해 방문했다.

"히익!"

"오 마이 갓!"

그리고 처음 본 것을 자신을 보자마자 경기를 일으키며 내

빼는 연지와 음정의 모습이었다.

"뭐야?"

두 사람이 왜 내빼는지 알 리가 없는 서윤은 고개를 갸웃거
릴 수밖에 없었다.

                    *        *        *

"어서 와."

"안녕하세요."

"오랜만에 본다, 야."

유주열의 작업실에 들어가자 서윤을 맞이해 준 것은 박선
희였다.

"그렇네요. 정말 간만에 뵙는 것 같아요."

"바빠서 너 프랑스 갈 때 배웅도 못 해주고, 못내 마음에 걸
렸었어."

선희의 말에 서윤은 빙긋 웃었다. 현우가 선희에게 시선을
주었다.

"선희 씨는 몇 달 만에 보는 거죠?"

김현우의 말에 선희가 고개를 끄덕였다. 그녀는 요 근래 상
당히 바빴다.

가수로서 공연, 그리고 보컬 트레이너로서 다수의 가수를

가르쳐야 했기 때문이다.

　덕분에 서윤이 롱 티보에 참가하기 전에도 시간을 내지 못했었다.

　선희는 자리에서 일어나 서윤에게 다가오더니 양팔을 벌렸다.

　"이리 와. 우리 자랑스러운 제자 한번 안아보자."

　"뭘 자랑스러울 것까지야."

　서윤은 피식 웃으며 말했다. 그러면서도 순순히 선희에게 몸을 기댔다.

　팡팡!

　선희는 서윤의 등을 두어 차례 두드린 뒤 고개를 들었다.

　"어디 보자. 한층 잘생겨진 것 같네?"

　"별다를 것 없는데?"

　서윤은 고개를 갸웃거리며 자신의 얼굴을 매만져 보았다.

　"나이가 들면서 이목구비나 얼굴선이 조금 더 또렷해진 것도 있고, 뭐랄까? 분위기가 좀 달라졌어."

　"분위기요?"

　"응, 아무래도 명성을 얻었기 때문일까? 이제는 포스가 있네."

　자리가 사람을 만든다는 말이 있다.

　솔직히 현재 서윤은 자신들에게 노래를 배우던 아이가 아니다. 엄연히 국내를 대표하는 젊은 피아니스트 중 한 명이다.

아닌 게 아니라, 롱 티보에서의 충격적인 데뷔 이후 서윤은 국내외를 막론하고 상당히 화제가 되었다.

빼어난 실력도 그렇지만, 일단 비주얼이 먹어주었기 때문이다.

특히나 서윤의 인지도가 급상승 중인 곳은 아시아에서 가장 큰 클래식 시장을 자랑하는 일본이었다.

서윤의 외모는 분명 티켓 파워에서 엄청난 플러스 요인이다.

그렇기에 일본 쪽에서 그토록 연주 요청이 쇄도하는 것일 테지.

"얼굴에 금칠은 그만둬 주세요."

"넌 금칠 받아도 돼."

선희는 히죽 웃었다.

그 모습을 바라보던 작업실의 주인, 유주열이 짓궂은 어조로 말했다.

"거, 애 얼굴 뚫리겠네요."

"하하……."

유주열의 말에 김현우는 실소를 흘렸다. 그리고는 두 사람에게 손짓을 했다.

"사제지간에 정 나누는 것은 앉아서 계속하세요."

현우의 말에 선희와 서윤은 멋쩍게 웃으며 자리에 앉았다.

선희는 자리에 앉자마자 다시금 입을 열었다.

"듣자 하니 조만간 데뷔 앨범 녹음한다고?"

"네."

"그래, 녹음은 해외로?"

"그럴 것 같아요. 아직 일정은 확실히 안 정해졌는데, 조만
간 나갈 것 같아요."

"발매는 월드 와이드지?"

"네."

서윤의 말에 선희가 기껍다는 표정을 지었다.

"생각해 보니 우리 중 월드 와이드 발매는 네가 처음인 것
같네?"

확실히 그러하기는 하다,

아무리 히트를 했다고는 하나 월드 와이드 발매는 자신들
과 별로 상관이 없는 것이었으니 말이다.

"괜히 부끄럽네요."

"뭐가 부끄러워?"

서윤의 말에 박선희는 뭘 그런 것을 생각하냐는 표정으로
그의 어깨를 두들겼다.

"네가 열심히 하면 되는 거지."

서윤은 고개를 끄덕일 수밖에 없었다. 솔직히 그녀의 말대로였기 때문이다.

"그것보다 오늘 잘 와줬어."

"무슨 일이신데요?"

서윤의 물음에 주열과 현우 역시 고개를 갸웃거렸다.

왜인지는 모르겠지만, 오늘 선희가 서윤과 꼭 만나야겠다고 말했기 때문이다.

주열과 현우, 마지막으로 서윤의 시선에 선희가 빙긋 웃으며 말했다.

"꼭 소개시켜 주고픈 사람이 있었거든."

"소개시켜 주고픈?"

서윤의 말에 선희가 고개를 끄덕였다.

"응."

"누군데요?"

"김변수라고, 내가 아주 예전에 가르쳤던 제자. 이제는 우리나라 최고의 보컬 중 한 명이지."

선희의 말에 주열과 현우의 눈이 살짝 치켜떠졌다.

"아⋯⋯."

서윤의 감탄성에 선희가 어딘지 모르게 확신에 찬 표정으로 입을 열었다.

"현재 서윤이가 피아니스트로서 이름나 있는 게 사실이지만 엄연히 우리의 제자이기도 하고, 무엇보다 노래를 하는 사람으로서 꼭 만나게 해주고 싶었어."

선희의 말에 주열과 현우의 표정에 회환이 일었다.

현재 서윤은 피아니스트로서 세계에 이름을 알리기 시작했다. 그럼에도 불구하고 아쉬움이 남는 것은 사실이다.

자신들에게 있어서는 가수 지망생으로서 노래를 배운 아이이기 때문이다.

보컬 트레이닝부터, 화성학, 대위법 등, 모든 음악적 소양의 토대를 닦아준 것은 자신들이다.

다소 편협하고 유치하게 표현하자면, 제자를 클래식계에 빼앗긴 듯한 기분이랄까?

클래식 쪽에 정통한 이들이 아니기에 서윤이 얼마만큼 대단한 천재성을 가지고 있는지는 가늠할 수 없다.

하지만 한 가지는 확실하다.

서윤의 보컬 재능 역시 이대로 사장시키기에는 너무도 아쉽다는 점이다.

서윤이 노래 쪽의 끈을 놓지 않았으면 했다.

그렇기에 선희는 국내 최고 수준의 보컬리스트와 대면을 알선한 것이다

그것은 김현우나 유주열, 그리고 현재 자리에 있지는 않지만 윤정신 역시 마찬가지로 갖고 있는 생각이다.

서윤의 발전은 그야말로 경악스러울 정도.

타고난 외모에 스타성까지 갖추고 있지 않은가?

그러니 아쉬운 것이다.

"국내 최고 수준이라."

서윤은 가만히 중얼거렸다. 확실히 그의 노래는 많이 들어봤다.

"어디서 만나기로 했어요?"

서윤의 물음에 박선희가 빙긋 웃었다.

"변수네 회사."

"그럼 가죠."

"말 나온 김에 바로 갈까?"

"그런데 오자마자 가게 되네요?"

서윤의 말에 현우와 주열은 피식 웃으며 손을 저었다.

"다음 주 중에 식사나 같이하자. 그때는 정신이 형도 같이 만나자고."

"알겠습니다."

서윤은 두 사람에게 꾸벅 인사를 하고 선희와 작업실을 나섰다.


"여기입니까?"

서윤은 그리 크지 않은 건물을 올려다보며 말했다.

"응, 여기야."

"그럼 들어가시죠."

서윤의 발에 선희가 고개를 끄덕이며 앞장섰다.

김변수가 소속된 기획사는 건물의 4층에 자리하고 있었다.

사무실로 들어가자 직원들이 박선희를 반겼다. 그리고는 두 사람을 접견실로 안내했다.

그 와중에 약간의 소란이라면 선희가 데려온 서윤이었다.

TV에 나오는 탑 배우들도 울고 갈 정도의 미남. 그야말로 얼굴에서 빛이 나는 듯한 사람이 박선희와 같이 들어오니 시선이 아니 갈 수 없었다.

물론 서윤이 그런 시선에 신경 쓸 위인은 아니지만.

접견실에 자리를 잡은 서윤은 일단 이 기획사에 대해 간단히 정의했다.

"회사 규모가 생각했던 것보다 크지는 않네요?"

"너희 회사가 큰 거야."

"아하하……."

"그것보다 아까 직원들이 너 계속 쳐다보던데."

"그런가요?"

서윤의 대답에 선희는 웃기다는 표정을 지으며 말했다.

"하지만 확실히 알아보지는 못한 것 같지?"

서윤은 어깨를 으쓱이며 대수롭지 않게 대꾸했다.

"아무래도 클래식 쪽이니까 그렇지 않을까요?"

물론 서윤이 상당히 화제를 일으킨 것도 사실이다. 하지만 우리나라의 클래식 시장은 무척이나 작다.

클래식 쪽에 관심이 있는 사람들을 제외하고는 일반 대중에게는 생소할 수밖에 없다는 이야기다.

도리어 해외보다 자국에서 지명도가 떨어지는 씁쓸한 현실인 것이다.

"뭐, 신경 안 씁니다."

서윤의 말에 선희는 '너답다'라고 중얼거린 뒤 여직원이 내온 찻잔을 들었다.

그렇게 얼마나 시간이 지났을까?

똑똑똑.

접견실 문을 두드리는 노크 소리가 들린 뒤 이내 한 사람이 들어왔다. 다름 아닌 김변수였다.

"변수야."

"오셨어요?"

선희의 부름에 변수는 꾸벅 인사를 하며 자리를 잡고 앉았다.

"제가 찾아뵈어야 하는데 죄송합니다."

"괜찮아. 그것보다 앨범 준비는 잘돼가?"

"네."

현재 김변수는 앨범을 준비하고 있다. 기존의 나와 있던 다른 가수들의 곡을 리메이크해서 낼 예정이다.

현재는 얼마 남지 않은 발매 일을 앞두고 한창 피치를 올리고 있는 중이었다.

"리메이크 앨범이라고 했지?"

"네. 그것보다 소개해 주세요."

"김서윤. 내가 이야기한 적 있지?"

"그럼요."

변수는 고개를 끄덕이며 서윤에게 손을 내밀었다.

"이야기 많이 들었습니다. 김변수라고 합니다."

"김서윤입니다. 만나 뵙게 되어 반갑습니다."

서윤과 변수는 가볍게 악수를 나눴다.

"이야, 드디어 보게 되네요. 스승님께서 저랑 만나실 때마다 서윤 씨에 대한 칭찬을 하셔서 말이죠."

"그렇습니까?"

서윤은 피식 웃으며 선희에게 시선을 주었다. 선희는 가볍게 어깨를 으쓱이며 입을 열었다.

"자랑스러운 제자니까."

"그것보다 뉴스에서 봤습니다. 롱 티보 콩쿠르요. 늦었지만 축하해요."

"감사합니다."

서윤은 답례를 표했다. 변수는 그런 서윤을 바라보며 가볍게 휘파람을 불었다.

"뉴스에서 봤을 때도 정말 잘생겼다고 생각했는데, 실물이 훨씬 멋지네요."

"그렇지? 서윤이는 실물이 훨씬 나아."

박선희가 거들듯 말했다. 그런 대화에 서윤은 찻잔을 들며 멋쩍은 미소를 지었다. 왠지 자꾸 얼굴에 금칠을 해주는 것 같아 낯이 뜨거워졌기 때문이다.

"솔직히 스승님께 처음 서윤 씨에 대해 들었을 때는 조금 놀랐었죠. MH 엔터테인먼트 소속의 연습생이라는 사실을 알았을 때도 그랬지만 그 뒤로도 놀랄 일뿐이었거든요."

선희에게 간접적으로 들은 서윤의 비정상적인 성장 속도나, 천재적일 정도의 피아노 재능은 놀라움을 넘어 쉽사리 와 닿지 않았으니까.

그렇게 선희의 주선을 바탕으로 서윤과 변수는 친분을 쌓을 수 있었고 자연스레 말도 놓게 되었다.

"정말 부럽기는 하다. 피아노 잘 쳐, 학교도 명문대에, 듣자 하니 춤까지 잘 춘다던데. 그리고 무엇보다……."

문득 말끝을 흐린 변수가 서윤을 바라보았다.

"크윽, 정말 얼굴에서 빛이 난다는 게 이런 거구나."

이런 말을 하기는 뭐하지만 변수는 얼마 전까지 얼굴 없는 가수였다.

자신이 원한 것이 아니라 소속사에서 TV에 얼굴을 비추는 것을 원치 않기 때문이다.

그 이유는 몇 년 전으로 돌아간다.

출중한 가창력으로 노래가 인기를 끌게 되자 변수는 용기를 내어 심야 음악프로그램에 출연했다.

하지만 그 결과는 엄청났다.

말 그대로 얼굴 한 번 비췄을 뿐인데 음반 판매량이 곤두박질을 치는 신세계를 경험했기 때문이다.

그 뒤로 변수는 가창력으로 승부하는 오디오형 가수로 살아야 했다. 그러다 작년에 크게 히트한 드라마의 OST로 비로소 브라운관에 얼굴을 비출 수 있었다.

"아하하……."

"어쭈? '아니에요, 형' 이란 소리는 안 하네?"

변수의 말에 서윤은 가볍게 어깨를 으쓱였다. 선희는 두 사람이 제법 친분을 쌓은 듯 보이자 만족스러운 미소를 지었다.

"친해진 것 같아서 다행이네. 앞으로도 쭉 교류들 하고."

"네."

서윤이 대답을 했다. 그 모습을 바라보던 변수가 시계를 들여다보더니 말했다.

"전 조금 있다가 녹음하러 가야 할 것 같은데 어쩌죠?"

변수의 말에 선희는 빙긋 웃으며 말했다.

"구경해도 되지?"

"그건 상관없지만······"

"간만에 제자가 녹음하는 것을 지켜봤으면 좋겠고, 무엇보다 서윤이한테 보여주고 싶거든."

서윤도 가이드곡 녹음이라든지 현우의 앨범 세션 녹음 정도의 참여 경험은 있다.

하지만 선희는 국내 최고 수준의 보컬리스트가 녹음하는 과정을 보여주고 싶었다.

"서윤이 시간 괜찮지?"

"네, 괜찮습니다. 저도 한번 보고 싶네요."

서윤은 선선히 고개를 끄덕였다.

그렇게 세 사람은 스튜디오로 이동했다.

이미 안에는 녹음 기사와 프로듀서 회사 관계자들이 자리를 잡고 있었다.

그네들 역시 처음 선희와 같이 들어온 서윤을 발견하고는 호기심 어린 표정을 지었다.

아무래도 세 사람이 이야기를 하는 동안, 서윤이 어떤 사람인지 알게 된 모양이다.

음악계 쪽에 종사하는 사람들이다 보니 서윤의 존재를 알아채는 데 오랜 시간이 걸리지 않았다.

변수는 가볍게 물을 마신 뒤 목을 풀고는 녹음실 안으로 들어갔다.

"시작합니다."

프로듀서의 말이 끝남과 동시에 스튜디오 안에는 전주가 흘렀다.

서윤과 선희는 조용히 스튜디오의 의자에 자리를 잡고 앉아 녹음하는 것을 지켜보고 있었다.

전주가 끝나고 김변수의 목소리가 마이크를 지나 스피커를 통해 흘러나오기 시작했다.

"아······."

그리고 서윤은 나지막이 탄성을 흘렸다.

귀에 명료하게 꽂히는 변수의 보컬.

확실히 음반으로 들을 때와 실제로 듣는 것에는 차이가 있었다.

"잘 부르지?"

선희의 말에 서윤은 고개를 끄덕였다.

"네."

"그거 아니? 변수도 너랑 비슷했어. 아니, 더 심했지."

"네?"

서윤은 눈을 동그랗게 뜨며 선희를 응시한 뒤 녹음실 안에서 열창 중인 변수에게 시선을 주었다.

"변수는 음치에다 박치였거든."

"그게 정말이에요?"

"하지만 톤은 정말 좋았어."

거기까지 말한 선희는 김변수를 바라보며 말을 이었다.

"재능은 있는데 달리는 방법을 모르는 육상선수 같았다고나 할까? 하여튼 그랬지."

"그건 몰랐어요."

"정말 열심히 연습했었어. 밥 먹고 자는 시간 빼고는 노래 연습에만 매진했었지."

"저하고는 달랐네요."

"넌 변수처럼 올인을 할 수 있는 상황이 아니었잖아?"

선희의 말은 옳았다.

솔직히 서윤은 노래에만 몰두할 수 있는 상황이 아니었다. 춤도 춰야 했고 입시 준비도 해야 했다.

그리고 현재는 더욱 그러하다.

피아니스트로서 데뷔 앨범 녹음도 앞두고 있고, 해외에서 초청도 받는 입장이다.

"솔직히 말할까?"

"......?"

"재능으로 따지자면 넌 변수보다 나을지도 몰라."

"......"

서윤은 입을 꾹 다물었다.

"너 예전에 윤정신 씨가 작곡한 노래 가이드 했었지?"

"…네."

서윤은 고개를 끄덕였다. 작사가 자신의 이름으로 되어 있기도 하고 말이다.

"그거 아직까지도 마땅히 나서는 사람이 없다고 하더라."

"……."

서윤은 입을 꾹 다물었다. 솔직히 윤정신에게 몇 번 그런 푸념을 들었었기 때문이다.


"가이드 이상 소화해 낼 자신이 없다네."


너무 완성도가 높았기에 섣불리 나서려 하지 않는다고.

정말 진지하게 서윤에게 정식으로 음원을 발표해 보지 않겠냐고 물어온 적도 있다.

하지만, 당시에는 롱 티보 준비다 뭐다 해서 바빴기에 완곡히 거절의 뜻을 표했었다.

하지만 결정적으로 거절한 이유는 따로 있었다.

왠지 그 곡은 자신이 주인이 아닌 것 같은 느낌이랄까?

빅 히트곡이 나왔을 때 가수들이 '곡을 듣자마자 이 곡은 내 거다' 란 느낌을 받았다는 말을 하는 경우가 있다.

비록 자신은 프로 가수가 아니지만 윤정신의 곡이 그러했
다.

심지어 서윤 본인이 세션 작업 및 작사까지 했음에도 말이
다.

"서윤아, 난… 아니, 나 이외에 널 가르쳤던 현우 씨나 주열
씨, 정신 씨. 심지어는 MH 이만호 대표님까지도 네가 우리나
라 대중가요계의 슈퍼스타가 될 거라고 생각했어."

솔직히 이만호 대표는 일본이나 중화권까지 아우르는 슈
퍼스타가 될 것이라 기대하고 있었다는 점을 일러두자.

이미 일본에서 성공적으로 자리를 잡은 보희도 있었고, 내
년 말이나 내후년쯤에는 해동진기 역시 일본에 진출시킬 계
획을 가지고 있었다.

"문제는 네가 너무 많은 재능을 타고났다는 것이겠지. 그
것도 어중간하지 않은 진짜배기들로만."

"……."

"유치하게 들릴 수도 있겠지만 가끔 피아노 스승에게 널
빼앗긴 것 같다고 느낄 때도 있어."

"네."

"어차피 결정은 네가 하는 것이긴 하지만 노래에 대한 끈
을 놓지 않았으면 하는 마음도 분명 있단다. 그래서 오늘 변
수와의 만남을 주선한 것이기도 하고."

선희는 어렵게 털어놓았다.

그녀가 방금 말한 대로 결국 결정은 서윤이 하는 것이지, 자신들이 강요할 수는 없는 일이니까.

그렇게 얼마나 시간이 지났을까?

문득 서윤이 입을 열었다.

"끈을 놓을 생각은 없는데요."

"응?"

"현우 선생님 콘서트 오프닝 무대에 섰었던 것 아시죠?"

"응. 그랬지. 너 엄청 잘했다고 현우 씨가 말해줬었어."

"무대에 선다는 것… 다 떠나서 재미있더라고요. 피아니스트로서 설 때와는 분위기도 달랐고요. 둘 다 매력이 있었어요."

거기까지 말한 서윤이 선희에게 시선을 주었다.

"하지만 지금은 제 상황도 있고 해서 말이에요."

서윤은 피식 웃으며 말을 이었다. 아까 윤정신의 부탁을 거절한 또 다른 이유 중 하나가 바로 이것이다.

"대부분 면제받았다고 생각하는데, 저 면제 아니에요. 엄밀히 말하자면 복무 중이라고요."

비록 예술 분야 공익근무 요원이기는 하지만 말이다.

"해외에 공연을 나갈 때도 병무청에 서류를 보내 허가가 떨어져야 갈 수 있어요. 이것저것 의무조항도 있고요."

"그렇구나. 그건 몰랐어."

"나라에서 음악 활동을 한다는 전제하에, 어찌 보자면 특혜를 준 것인데 피아니스트로서가 아니라 다른 일을 한다는 것 자체가 조심스러운 것도 사실이에요."

서윤의 말에 선희는 조용히 고개를 끄덕였다.

아무래도 남자보다는 군에 대한 지식이 부족할 수밖에 없는 선희였다.

솔직히 말하자면 '군 면제 받은 것 아닌가?' 란 생각도 했기 때문이다.

"그렇구나."

서윤은 그녀를 조용히 응시했다. 그리고는 걱정하지 말라는 듯, 빙긋 미소를 지었다.

"하지만 저한테 주어진 기간이 모두 끝난 뒤에는 모르죠. 미래가 어떻게 될지는 알 수 없지만요. 하지만 한 가지는 약속드릴게요."

"어떤 약속?"

"계속 연습할게요. 노래도 그렇고 춤도 그렇고. 그리고 기회가 된다면 선생님들 콘서트 무대에도 오르고 싶어요. 오프닝이건 중간 게스트건 상관없어요."

서윤의 말에 선희는 어딘지 모르게 안도와 기쁨이 뒤섞인 어조로 말했다.

"그렇다면 다행이네."

"아까도 말씀드렸잖아요. 무대에 섰을 때 무척 재미있었다고. 제 피아노 스승님도 그러시더라고요. 넌 무대 체질인 것 같다고."

서윤의 말에 선희는 미소를 지으며 고개를 끄덕였다.

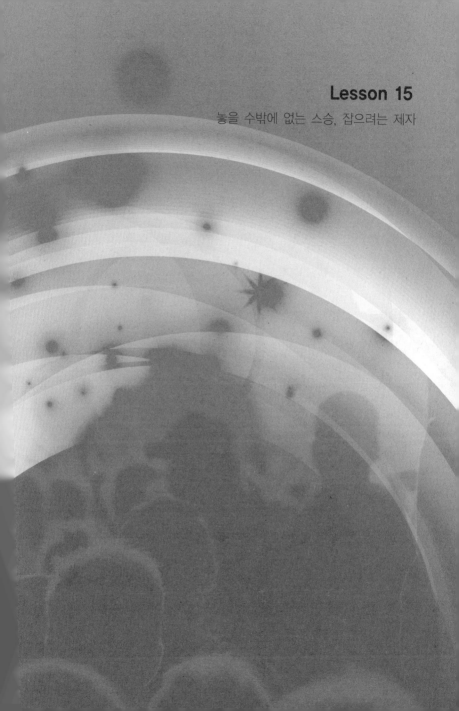

   변수와의 만남, 그리고 선희와의 대화가 있은 뒤 서윤은 다시금 바빠졌다.

   콩쿠르며 연주회까지, 클래식 공연 준비에 바빠 조금은 소홀했던 춤과 노래 연습을 다시 시작했기 때문이다.

   아직까지 레코딩 스케줄이 오지 않았기에 서윤은 그동안 쉬었던 것에 대한 한풀이라도 하듯 연습에 박차를 가했다.

   일단 서윤의 하루 일과는 이러하다.

   아침에 일어나서 1시간 정도 운동을 한 뒤, 곧바로 MH 엔터테인먼트에 출근해서 3시간가량 피아노 연습과 화성학, 대

위법 공부를 한다.

그 뒤에는 곧바로 남자 연습생들과 춤 연습에 들어간다.

그렇게 저녁 시간까지 춤 연습에 매진한다. 혹시나 새로운 댄스 트렌드가 나왔나 싶어 뉴스쿨에도 다닌다.

그리고 식충이 패거리와 식사를 하고, 남는 시간 동안 아영과 현희의 보컬 레슨을 좀 봐준 후 곧바로 노래 연습을 한다.

요 근래에는 현우나 박선희에게 직접적으로 보컬 트레이닝을 받지는 않는다.

이론이나 기술적인 부분은 더 이상 가르칠 것이 없다는 것이 두 사람의 공통된 의견이었기 때문이다.

이제 서윤은 많이 듣고, 많이 부르며, 노래들을 자신의 감성으로 해석해 나가는 데 중점을 두고 있다.

오히려 요 근래에는 선희나 정신에게 실용 화성에 대해서 배우고 있다.

클래식 화성과 접근하는 방식이 다르기는 하지만 어찌 되었건 실용음악 역시 클래식 화성을 베이스로 발전해 나간 것이라 이것은 이것대로 재미를 붙이고 있는 중이다.

한마디로 서윤의 하루는 엄청 바쁘다는 이야기다.

그건 그렇다 치고, 현재 서윤은 살짝 난감해하고 있었다.

"어째서 이렇게 된 거지?"

"형, 듣자 하니까 드림 댄스 스쿨의 박진성 대표하고 팝엔

타코한테 사사받았다면서요. 저도 좀 가르쳐 줘요."

눈앞에 멸치처럼 비리비리한 녀석이 눈을 초롱초롱하게 빛내고 있었다.

아영과 수경을 비롯해 어리고 귀여운 여자 연습생만 보면 '크면 오빠한테 시집와.' 드립을 날리는 박정호네 패거리 중 한 명인 이재혁 때문이었다.

조만간 MH에서 데뷔할 13인조 그룹의 확정 멤버로 랩퍼 겸 메인댄서가 될 것이다.

하여튼, 재혁은 지금 서윤에게 춤을 가르쳐 달라고 요구하고 있는 중이다.

"귀찮게시리."

"가르쳐 줘요."

"아, 골치 아파."

서윤은 머리를 부여잡으며 중얼거리다가 계속 칭얼대는 재혁에게 눈을 부라렸다.

"히익!"

서윤의 눈빛에 재혁이 일순간 움찔하며 신음성을 흘렸다.

17대1의 신화를 쓴 싸움꾼에서 명문대에 재학 중인 피아니스트로 변신(?)하기는 했지만 아직 서윤에 대한 두려움은 남아 있었다.

더욱이 재혁은 정호의 패거리로서, 간 크게 깡패에게 시비를 걸었다가 굴욕을 당하고 서윤에게 구함을 받은 전적이 있지 않은가?

당시 재혁은 무서운 어깨 형들을 단 두 방으로 잠재운 서윤을 직접 목격했었다.

솔직히 말하면 재혁은 아직 서윤이 무섭다. 그럼에도 불구하고 이렇듯 서윤에게 부탁을 하는 이유는 춤에 대한 열정이 남다르기 때문이다.

솔직히 연습생들 중 그리 잘난 외모도 아니고, 노래 실력 또한 그저 그런 수준이다.

하지만 춤만큼은 다르다. 그렇기에 데뷔 확정 멤버에 포함된 것이다.

더욱이 데뷔할 멤버는 총 13명.

그룹은 공동 운명체이지만 다른 한편으로는 경쟁자이기도 하다.

어떻게든 튀어야 하기에 자신만의 무기인 춤을 더욱 갈고 닦을 필요가 있다.

하지만 서윤의 대답은 정해져 있었다.

"웃기고 있네."

그 말과 함께 서윤은 몸을 획 하고 돌렸다.

"형, 제발요."

"내가 왜 남자 녀석의 부탁을 들어줘야 하냐?"

서윤은 가볍게 무시를 해주고 연습실을 나섰다. 아니, 나서려 했다.

덥썩.

돌연 재혁이 그의 바짓가랑이를 잡고 늘어졌기 때문이다.

"뭐냐?"

"가르쳐 줘요, 형."

재혁의 말에 서윤은 기도 안 찬다는 표정을 지었다.

"이게 미쳤나?"

"형, 제발요."

"넌 자존심도 없냐? 연습생 연차로 따지면 네가 나보다 훨씬 윗줄이야. 그것보다 이거 안 놔? 바지 내려가잖아."

"가르쳐 준다고 하면요. 그리고 저한테 그런 게 어디 있어요?"

하긴 그 형의 그 똘마니라고, 값싼 무릎의 소유자 박정호가 아끼는 동생답다.

"형이 우리 회사에서 제일 잘 추잖아요. 그리고 사사받은 분도 세계적인 권위자고."

하긴 박진성 대표나 팝엔타코의 이름값이 대단하기는 하다.

"그러니까 가르쳐 주세요."

"얼른 놔라."

"여자 연습생들은 노래도 가르쳐 준다면서요."

"그럼 성별을 바꾸든지. 누가 남자 하래? 내가 왜 남자 따위한테 시간을 할애해야 하는데."

서윤은 으르렁거리듯 말하고 허리를 구부려 자신의 바짓가랑이를 붙잡고 늘어져 있는 재혁의 팔을 풀었다.

"이건 성차별이에요."

발악하듯 외치는 재혁을 뒤로하고 서윤은 몸을 돌려 문고리에 손을 가져갔다.

그리고 막 문을 열려는 순간 등 뒤에서 들려온 한줄기 단어가 그를 얼게 만들었다.

"오, 오빠……."

얄쌍하기는 하지만 남자 특유의 걸걸함이 깃든 목소리.

서윤의 몸이 로봇처럼 끼끼긱 돌아갔다.

그곳에는 어딘지 모르게 여성스러운 자태의 재혁이 서 있었다.

없는 옆머리를 귀 뒤로 넘기며 재혁은 서윤을 바라보고 있었다.

"너, 너 지금……?"

"춤 배울 때는 오빠라고 부를게요."

재혁은 턱도 없을 여성스러운 눈빛으로 서윤을 올려다보며 최후 진술(?)을 했다.

춤에 눈이 먼 재혁의 무리수였다.

"그럼 가르쳐 주실 거죠?"

빠직.

겨우겨우 붙잡고 있던 이성의 끈이 끊어졌다.

그와 동시에 연습실 안에서 재혁의 꼴깝을 바라보고 있던 남자 연습생들은 눈을 질끈 감고 몸을 돌렸다.

곧 있을 참상을 차마 눈 뜨고 볼 수 없었기 때문이다.


같은 시각.

3층 남자 연습실 앞을 서성이던 전주 출신 연지와 미국 출신 황음정은 서로를 응시하며 침을 꼴깍 삼키고 있었다.

얼마 전, 아영의 못된 장난으로 인해 인터넷에서 오산고 17대1을 보게 된 두 사람은 한동안 공포에 휩싸여 서윤을 피했었다.

하지만 유라를 위시한 여러 패거리들의 말에 마음을 다잡고 서윤에게 피해 다닌 것을 사과하러 온 것이다.

그리고 중재를 위해 수아가 뒤따라왔다.

"오빠 불러줄 테니까 사과해. 피해봐야 너희만 손해야."

"으, 으으……."

"너희 요즘 숙소 가면 뭐 해먹어?"

"김치볶음밥하고 라면."

연지의 말에 음정의 눈가에 이슬이 맺혔다.

한국말은 잘 모르지만 김치볶음밥과 라면이란 단어는 알고 있다. 왜냐하면 숙소에서 해먹는 음식이기 때문이다.

매일 연지가 김치볶음밥이란 단어를 내뱉으면 시뻘건 밥이 나왔다.

솔직히 음정은 김치볶음밥과 라면이 슬슬 질려가고 있었다.

연지가 할 줄 아는 음식이 김치볶음밥이랑 라면밖에 없음을 참고로 일러두자.

하여튼 두 사람은 김치볶음밥과 라면, 이 두 가지 음식만을 섭취하며 점차 미각을 잃어가고 있었다.

"너희가 오빠 피해 다니는 동안 우리가 뭐 먹었는지 알아?"

"……?"

"피자, 스테이크, 소갈비, 스파게티, 불고기……."

수아의 입에서 나오는 단어에 두 사람의 입가를 타고 침이 흘러나왔다.

"쓰읍!"

"흡!"

두 사람은 재빨리 옷소매로 입가를 닦아냈다.

"그러니 사과해."

두 사람의 모습을 바라보던 수아가 어울리지 않게 의젓한 어조로 말했다.

"먹는 걸로 낚지 마. 우리는 진심으로 미안해서……."

왠지 찔려서일까? 연지가 더듬거리며 변명을 한다. 그 모습에 수아가 비릿한 미소를 짓더니 외쳤다.

"피자, 스테이크, 소갈비, 스파게티, 불고기!"

그와 동시에 다시금 둘의 입꼬리를 타고 침이 흘러내렸다.

"하앗!"

"흐읍!"

둘은 얼굴이 시뻘개져서 황급히 침을 닦아냈다.

수아는 그 모습을 보고 '이래도 아니야?' 란 표정을 지었다. 하지만 이내 두 사람의 얼굴이 울상으로 변하는 모습을 보고 당황했다.

"내가 이렇게 속물이었다니."

"…오 마이 갓."

말은 통하지 않아도 연지와 음정의 심정은 같았나 보다.

두 사람은 이내 서로를 부둥켜안고 자신의 죄를 참회하듯 자책하고 있었다.

물론 영어 무능력자 수아가 음정의 말을 알아들을 리 없었지만 눈치라는 게 있지 않은가?

결국 수아는 두 사람을 필사적으로 다독일 수밖에 없었다.

그렇게 약간의 시간이 흐르고, 어느 정도 마음을 추스른 두 사람을 바라보며 수아가 말했다.

"하여튼 이제 부른다?"

연지는 마지막으로 심호흡을 하고 황음정과 시선을 맞춘 뒤 고개를 끄덕였다.

수아는 두 사람을 잠시 바라본 후 노크를 하기 위해 문에 손을 가져다 댔다.

그리고 그 순간이었다.

"이게 돌았나? 미쳤어? 미쳤냐고!"

"흐갸악!"

돌연 문 안쪽에서 들려온 고함 소리와 비명 소리.

쩌적.

세 사람은 동시에 얼어붙었다.

벌컥!

순간 연습실 문이 벌컥 열리며 공포에 가득 찬 얼굴을 한 재혁의 몸이 튀어나왔다.

아니, 정확히 말하자면 반쯤 빠져나오다가 뒤따라 튀어나온 서윤의 손아귀에 뒷덜미를 잡히고 말았다.

"이게 어딜 도망쳐!"

"사, 살려……."

하지만 재혁은 말을 채 끝을 맺지 못한 채 연습실 안쪽으로 끌려 들어갔다.

"……."

"……."

연지와 음정은 아무런 말도 하지 못한 채 입만 벌리고 있었다.

그것은 중재를 위해 왔던 수아 역시 마찬가지.

수아는 그 자리에 잠시 굳어 있다가 조심스럽게 말문을 열었다.

"나, 나중에 기회가 있겠지? 어, 음 네, 넥스트 타임… 오케이?"

끄덕끄덕.

두 사람은 황급히 고개를 끄덕였다.

아무래도 두 사람은 당분간 김치볶음밥과 라면으로 끼니를 때워야 할 듯하다.

\*　　　　\*　　　　\*

"후우."

오혜진은 나지막이 한숨을 내쉬었다.

자신이 가르쳤던 제자가 롱 티보 콩쿠르를 휩쓸었다.

보통이라면 스승으로서 자랑스러움에 어깨가 으쓱할 법도

하건만, 어째서인지 그녀의 표정은 그리 밝지 않았다.

"무슨 일 있으세요?"

문득 들려온 소리에 상념에서 깨어나 보니 서윤의 시선이 느껴졌다.

"아니, 아무것도 아니야."

"뭔가 이상한데요?"

"뭐가?"

"오늘 표정이 별로 안 좋아 보여서요."

서윤은 고개를 갸웃거렸다.

"컨디션이 조금 안 좋아서 그래."

혜진의 말에 서윤은 고개를 끄덕이더니 이내 피아노 쪽으로 시선을 주었다.

그러다 문득 생각났다는 듯 고개를 들어 혜진을 바라보았다.

"그것보다 결과는 어떻게 되셨어요?"

"응?"

"저번에 말씀하신 거요. 교수 임용 공고 나서 지원하셨다고 했잖아요."

"아……."

서윤의 말에 혜진은 무겁게 말끝을 흐렸다.

사실 혜진은 예전에 시간 강사로 출강하던 경기권의 대학에 교수 초빙 공고가 나서 지원을 했었다.

"그게… 잘 안 됐어."

난감해하는 혜진의 얼굴에 서윤은 아차 싶었다. 자신이 섬세하지 못하게 말을 했단 생각이 들었기 때문이다.

더욱이 얼굴 표정으로 보아 결과가 그리 좋은 것 같지도 않았고 말이다.

"죄송합니다."

"아니야. 뭐, 그 학교랑 맞지 않았나 보지."

짐짓 아무렇지도 않게 말한 혜진이었지만, 내심 이번에는 정교수가 될 수 있을 거라 생각했다.

해외 유학 경험도 있었고, 제법 이름난 콩쿠르에서 입상도 했다.

결과적으로 전문적인 연주자로서 두각을 나타내지 못한 것은 사실이다. 하지만 혜진은 롱 티보 전 부문 석권의 신화를 이뤄낸 서윤의 피아노 스승이기도 했다.

시간 강사로 출강하던 대학에서 학생들 사이에 평판 역시 나쁘지 않았건만 떨어지고 만 것이다.

이유는 단순했다.

그녀에게는 연줄이 없었다.

이름난 명문대를 나온 것도 아니고, 자신의 뒤를 봐주는 스승 역시 없었다.

학창 시절 때는 그런 것 따위 신경 쓰지 않았다. 하지만 지금에 와서 그게 발목을 잡을 줄이야.

실력 이외에도 필요한 것이 있음을 이제야 깨닫고야 말았다.

"죄송합니다. 괜히 제가……."

"괜찮아, 신경 쓰지 마. 임용 공고 지원했다고 너한테 먼저 말했던 건 난데 뭐."

혜진의 말에 서윤은 멋쩍은 듯 머리를 헝클어트렸다. 그러던 중 서윤이 물었다.

"그럼 시간 강사는요?"

"일단 계약 연장하려고."

"네? 연장이요?"

서윤은 눈을 동그랗게 뜨며 되물었다.

교수 임용을 떨어트린 곳이랑 계약을 연장하겠다니.

물론 시간 강사의 열악한 처우에 대해 들은 것이 있어 이해는 되었지만 기분이 좋을 리 없었다.

지금까지 서윤을 이끌어주었던 스승이 아닌가?

"차라리 다른 곳에 임용 지원을 해보시는 것은 어때요?"

내년 1학기를 맞이해 교수 임용을 공고하는 학교들은 많다.

"아니, 됐어."

"하지만."

"신경 써줘서 고마워. 하지만 괜찮아."

혜진은 어딘지 씁쓸함이 묻어 나오는 미소를 짓다가 이내 화제를 전환했다.

"내 일은 내가 알아서 할 테니까 연습하자. 연습."

"…네."

뭔가 석연치 않다고 느끼면서도 서윤은 고개를 끄덕일 수밖에 없었다.

혜진은 가만히 의자에 앉아 서윤의 연주를 듣다가 쓴 미소를 지었다.

'이제는 지도고 뭐고……'

서윤의 연주를 듣고만 있는 시간이 점점 길어지고 있었다.

정확한 터치와 흠 잡을 데 없는 테크닉, 그리고 완벽에 가까운 곡 이해도.

서윤은 이미 세계 수준의 피아니스트다.

더 이상 가르칠 수 있는 역량이 되지 않음을 혜진은 여실히 느끼고 있었다.

슬픈 일이지만 천재를 가르치기에 자신은 너무도 모자라다.

'어떻게 해야 할지……'

혜진은 한숨을 내쉬었다.

그렇게 착잡한 마음을 다잡으며 서윤의 연주를 들은 지 얼마나 지났을까? 연주가 끝나자 혜진이 입을 열었다.

"그것보다 너 요즘 주로 쇼팽을 친다?"

"쇼팽이요?"

서윤은 가만히 반문하다가 이내 고개를 끄덕였다. 확실히 요 근래 쇼팽의 곡들을 많이 연주하기는 했었다.

"은연중에 그 녀석 말을 신경 쓰고 있었나?"

"무슨 말?"

"아, 식충이들 가운데 팔에 올라타는 꼬맹이 하나 있잖아요?"

"수경? 현희?"

"큰 녀석이요."

"아, 현희구나?"

그녀 역시 이곳에 다니다 보니 서윤과 아이들의 관계에 대해 잘 알게 되었는데, 특히 인상에 깊은 것은 현희였다.

서윤의 첫 피아노 스승(?)이란 이력도 그러했지만, 다른 것보다 종종 그의 팔에 걸터앉아 있는 모습이 특이했기 때문이다.

"그것보다 무슨 말?"

"아, 그 녀석이 얼마 전에 저보고 쇼팽 콩쿠르 나가볼 생각 없냐고 하더라고요."

"쇼팽 콩쿠르?"

혜진은 고개를 갸웃거리며 되물었다.

"얼마 전에 커뮤니티를 돌아다니다가 저랑 김인혁 씨랑 비교하는 글이 올라와서 좀 싸웠다던데, 혼자 오버해 가지고 그러더라고요."

"그래? 무슨 일이었는데?"

서윤의 말에 혜진은 흥미가 돋는다는 듯 물었다. 서윤은 현희가 해줬던 말을 그대로 쭉 늘어놓았다.

이야기가 끝난 후 혜진은 자못 진지한 표정을 지으며 턱가를 매만졌다.

"그라모폰이라. 그 기사는 나도 봤어."

"선생님도요?"

"그럼, 내 제자 기사인데."

말은 안 했지만 혜진 역시 서윤의 기사를 자주 검색해 보고는 했다.

"확실히 현재 김인혁과 너의 커리어 차이는 있을 수밖에 없지. 나이는 너보다 한 살 많을 뿐이지만 김인혁은 어려서부터 두각을 나타냈었으니까. 게다가 현재 세계를 무대로 활동하고 있는 국제적인 연주자고."

서윤이 뜬금없이 등장했다면, 김인혁은 어려서부터 엘리스 코스를 밟아왔다.

"그렇죠. 녀석이 괜히 열불 낸 거예요."

"하지만."

서윤이 넉살맞게 넘기려던 찰나, 혜진이 자르고 들어왔다. 그녀는 살짝 눈꼬리를 치켜세우고는 입을 열었다.

"재능으로만 따지자면 넌 김인혁보다 나아."

예전에는 뒤떨어지지 않거나, 나을 수도 있다는 불확실한 가정이었다면 지금 혜진은 서윤이 더 낫다고 단언하고 있었다.

"그것보다 쇼팽 콩쿠르라."

혜진은 나지막이 중얼거리며 서윤을 바라보았다.

"그래서 넌 나갈 생각이 있는 거니?"

"고민 중이에요."

서윤은 현희가 물었을 때와는 달리 단언은 하지 않고 애매모호한 말을 흘렸다.

하지만 어조에는 그다지 내키지 않는다는 뉘앙스가 묻어나왔다.

그 모습을 바라보며 혜진은 한숨을 내쉬었다.

기본적으로 서윤에게는 과시욕이나 자긍심이란 것이 없다.

예술 계통에 있어 자기 자신에 대한 자긍심이나 과시욕이 꼭 나쁜 것만이 아니다. 도리어 왕성한 활동의 원동력이 되기도 한다.

하지만 서윤은 그렇지 않다.

무대 체질이고, 또한 무대에 섰을 때 즐거워 보이지만 그뿐이다. 기본적으로 경쟁을 즐기지 않는 성격이랄까?

그냥 자기가 재미있고 만족스러우면 그만인 타입이다.

서윤은 옆에서 계속 채근해 줘야 하는 스타일인 것이다.

문제는 너무도 엄청난 재능을 가지고 있다는 점이다.

그렇기에 자신을 비롯해 다른 사람들이 몸이 달아서 애를 달달 볶은 것이겠지.

솔직히 말하자면 혜진은 김서윤이란 천재가 어디까지 갈 수 있는지 보고 싶었다.

하지만 이제는 한계에 다다른 느낌이다. 자신의 역량으로는 이 아이를 더 이끌 수 없다.

그런 말을 입 안으로 삼킨 뒤 잠시 서윤을 바라보다가 입을 열었다.

"하지만 서윤아. 넌 이미 세상에 이름을 알렸어. 네 의사와는 상관없이 너에게 기대를 거는 사람이 생겼다는 이야기야."

"……."

"그건 네가 피아니스트로서가 아니라 가수로서 데뷔했더라도 마찬가지였을 거야."

서윤은 입을 꼭 다물었다.

그래, 그건 알고 있다.

왜 모르겠는가? 자신이 피아니스트가 아니라 해동진기로서 데뷔했다 해도 이런 상황을 맞이했을 것이다.

분야만 다를 뿐, 결국 비슷하겠지.

서윤은 긴 한숨을 내쉬었다.

그리고 그런 서윤의 모습을 바라보며 혜진 역시 자그맣게 한숨을 내쉬었다.

"어차피 그건 네가 결정할 일이고… 요즘은 어때?"

"네?"

"아직도 연락 오니?"

"아, 네."

서윤은 귀찮다는 표정으로 고개를 끄덕였다.

연락이란 것은 다름 아닌 서윤에게 접촉을 해오는 클래식 인사들에 관한 것이었다.

롱 티보 콩쿠르에 나가기 전에도 그랬지만 서윤의 재능을 알아본 기라성 같은 원로 피아니스트들이나 명망 있는 기악과의 교수들이 그에게 도움을 주겠다는 제안을 해오고 있다.

특히 롱 티보 콩쿠르가 끝난 뒤에는 점점 더 빈번해지고 있었다.

"난 솔직히 네게 후원자가 있는 것도 나쁘지 않은 것 같아."

"그런 거 필요 없어요."

"하지만."

"순수한 이유 때문만은 아닌 것 아시잖아요?"

서윤의 말에 혜진은 살짝 입술을 깨물었다.

해외 물이 들지 않은 순수 국내파 피아니스트.

게다가 전도가 유명한 서윤의 후원자가 된다면 후원자가 되어주는 도움 이상으로 국내 클래식계에서 영향력을 발휘할 수 있다.

어디든 사회란 그런 것이다.

"하지만 득이 될 것도 많아. 김인혁이 어떻게 데뷔 앨범을 그 큰 음반회사에서 월드 와일드로 발매할 수 있었다고 생각하니?"

서윤과 비교되었던 김인혁 역시 막강한 후원자를 두고 있다.

김인혁의 열렬한 후원자를 자처하는 이는 피아노의 여제 마르타 아르헤리치다.

아르헨티나 출신으로 8살에 남미의 대표적 연주 극장인 콜론 극장에서 오케스트라와 협연했고, 16세에 부조니 국제 콩쿠르에서 우승했으며, 1965년에는 7회 쇼팽 콩쿠르 우승했던 대표적인 여류 피아니스트다.

여성이라고 느껴지지 않을 만큼 강하고 날카로운 터치는

1994년 예술의 전당 내한 당시, 연주 도중 피아노 줄이 끊어질 정도로 대단하다.

게다가 지휘자이자 작곡가이며 피아니스트인 번스타인과의 연주를 3번이나 어겼을 정도로 종잡을 수 없는 성격의 소유자이기도 했다.

분명 김인혁의 재능 또한 범상치 않은 것이었지만 그만큼 클래식계에서 마르타 아르헤리치의 존재는 무시할 만한 것이 아니었다.

스물도 되지 않은 10대의 김인혁이 세계적인 클래식 음반사와 데뷔 음반을 녹음할 수 있었던 것에는 피아노 여제의 강력한 추천도 한몫했음은 당연했다.

하지만 현재 서윤에게 오는 제안을 하는 이들에게는 다른 이유도 분명 존재한다.

어디에나 그렇지만, 우리나라 클래식계에도 엄연히 파벌이 존재한다.

그리고 그네들의 눈에 서윤은 자신의 영향력을 키워줄 수 있는 좋은 카드이기도 하다.

더욱이 서윤은 작곡과다.

기악과에 속하지 않은, 스포츠로 따지자면 FA와도 같은 존재가 아닌가?

"그럼 선생님은요?"

툭하니 내뱉는 서윤의 말에 혜진의 입이 꼭 다물어졌다.

"절 가르쳐 주신 건 엄연히 선생님이에요. 그동안 저한테 쏟은 시간은요?"

"하지만 네가 더 날아오르기 위해서는 제대로 된 영향력을 가진 분이……."

"그런 영향력은 필요 없어요. 이런 말씀 드리기는 뭐하지만 그런 것에 의지해야 할 만큼 궁색한 형편은 아니에요."

그건 확실히 맞는 말이다.

이런 말하기 뭐하지만 서윤의 집안은 매우 대단하니까.

"물론 틀린 말은 아니야. 하지만 서윤아, 그것만으로는 한계가 있어."

"그럼 선생님이 해주시면 되겠네요?"

서윤의 말에 혜진이 눈을 동그랗게 떴다. 서윤은 가볍게 어깨를 들썩이더니 그녀에게 다가서며 말을 이었다.

"선생님이 제 후원자 해주면 되잖아요."

혜진은 서윤을 잠시 바라보다가 무겁게 고개를 내저었다.

"미안하지만 선생님은 힘들어."

"왜요?"

서윤의 반문에 혜진은 눈을 질끈 감으며 주먹을 쥐었다. 이내 그녀의 입에서 서글픈 목소리가 흘러나왔다.

"선생님은 지금의 너에게 더는 도움이 될 만한 사람이 아니야."

자신의 부족함을 제자에게 고백하는 말이다.

"아는 사람도 없고, 아직 정교수도 되지 못한 시간 강사."

"……"

혜진은 감았던 눈을 뜨며 서윤에게 씁쓸한 미소를 지었다.

"이런 내가 너에게 뭘 해줄 수 있겠니?"

"하지만."

"그만 이야기하면 안 돼?"

뭐라 더 말하려 했지만 혜진은 고개를 내저었다.

*　　　*　　　*

결국 그날의 연습은 흐지부지되어 버렸다.

그 복잡한 마음은 서윤이 집에 돌아왔을 때까지도 계속되었다.

"하아, 골치 아프네."

서윤은 긴 한숨을 내쉬었다.

"어린 녀석이 무슨 근심이 그리 많아 땅이 꺼져라 한숨을 쉬니?"

문득 들려온 소리에 고개를 들어보니 모친인 이정민 여사가 그를 바라보고 있었다.

"엄마?"

"무슨 일 있어? 집에 들어올 때부터 얼굴이 죽상이 되서. 엄마는 걱정돼."

"아무것도 아니야."

서윤의 말에 이정민 여사는 침대에 앉으며 빙긋 미소를 지었다.

"아무것도 아닌 게 아닌 것 같은데?"

이정민 여사의 말에 서윤은 거칠게 자신의 머리를 흩트렸다. 행동으로 보아 확실히 심상치 않음을 느낀 이정민 여사가 은근한 어조로 달래듯 말했다.

"아들… 뭔데? 혼자 끙끙 앓지 말고 엄마한테 말해봐. 엄마가 도움이 되어줄 수도 있잖아."

"하아… 그게."

"그래. 말해봐."

이정민 여사의 말에 마음이 동한 서윤은 무거운 어조로 오늘 혜진과 있었던 일을 털어놓았다.

"그랬구나……."

"솔직히 마음이 그래."

"뭐가?"

"후원자고 나발이고, 그런 것은 상관없어. 내가 짜증나는 건 선생님이 그런 마음을 가지고 있다는 거야."

솔직히 혜진이 언급한 후원자 따위는 애초에 서윤의 뇌리에 있지도 않았다.

그딴 것은 필요 없다.

하지만 시간 강사인 자신이 뭘 해줄 수 있겠냐는 말은 너무도 신경이 쓰였다.

이정민 여사는 조용히 서윤을 바라보았다.

"확실히 조금 복잡한 상황이기는 하네."

"하아."

서윤은 나지막이 한숨을 내쉬었다. 누구에게 의논해야 하지?

유주열이나 김현우, 박선희?

클래식계에 몸을 담고 있지는 않지만, 어찌 되었건 음악 계통 사람들이다. 어느 정도 조언은 받을 수 있으리라.

그런 생각을 한 서윤은 핸드폰을 들다가 문득 뇌리를 스치고 지나가는 바가 있었다.

그러고 보니 이정민 여사의 지인 중에 물어볼 수 있는 이가 있지 않은가?

"잠시만."

"응?"

"엄마. 미령 아줌마 딸."

"미령이?"

친구인 김미령의 이름이 나오자 이정민 여사의 표정이 대번에 찌푸려졌다.

앞으로 서윤은 자신의 딸에게 백주하 교수님이라 불러야 된다고 놀려대던 그녀가 아닌가?

"이번에 우리 학교 기악과 교수로 취임한다고 했지? 이름이……."

"주하?"

"그래, 백주하."

서울대 음대에 최연소 교수로 임용하게 된 그녀라면…….

서윤은 이정민 여사를 바라보며 입을 열었다.

"나 만나게 해줘."

서윤의 말에 이정민 여사는 한숨을 내쉬었다.

그 얄미운 것에게 만나자고 해야 한다는 게 영 내키지 않았기 때문이다.

하지만 아들의 고민인데 어머니로서 할 수 있는 행동은 정해져 있었다.

결국 이정민 여사는 고개를 끄덕였다.

쇠뿔도 단김에 빼라고, 약속은 이튿날로 잡혔다.

\*　　　\*　　　\*

"별일이네?"

김미령은 맞은편에 자리를 잡고 앉은 이정민 여사를 바라보며 말했다.

"나도 너한테 부탁하게 될 줄은 몰랐다."

이정민 여사는 살짝 불퉁한 표정을 지으며 투덜거리듯 말했다.

"그것보다 무슨 일인데?"

"그건 나도 잘 모르지. 너희 딸은?"

"지금 다 와간다네. 우리 딸은 그렇다 치고 너희 아들은?"

"우리 아들도 마찬가지야."

이정민 여사의 말이 끝나기가 무섭게 저 멀리서 서윤이 모습을 보였다.

뚜벅뚜벅.

"여기야, 아들."

이정민 여사가 손짓을 하자 서윤이 다가왔다.

"서윤아, 왔니?"

"응."

그녀는 자신의 옆자리를 팡팡 두드리며 앉으라는 제스처를 취했다

서윤은 자리에 앉기 전에 미령에게 시선을 주고는 정중하게 인사를 했다.

"안녕하세요."

"안녕? 실제로 보는 건 처음이네?"

미령의 말에 서윤은 빙긋 웃어 보이며 자리에 앉았다.

"이야, 정말 미남이네."

미령은 감탄성을 흘리며 서윤의 얼굴을 바라보았다.

이정민 여사의 얼굴에 우쭐한 표정을 지었다. 자기 아들이 잘났다는 소리에 어느 어머니가 기분이 안 좋겠는가?

"늦었지만 롱 티보 석권 축하해."

"감사합니다."

"우리 딸도 곧 도착한다니까."

"네."

서윤은 고개를 끄덕였다. 뒤이어 차의 주문을 받기 위해 종업원이 왔다.

이내 차가 나오고 찻잔을 들 무렵 기다렸던 백주하가 도착했다.

"기다리게 해서 죄송합니다."

"만나서 반가워요."

백주하의 인사에 이정민 여사는 고개를 내저었다. 그리고 서윤에게 시선을 주었다.

서윤은 자리에서 일어나서 백주하에게 인사를 했다.

"안녕하세요. 김서윤입니다."

"백주하입니다. 요즘 가장 주목받는 피아니스트를 만나게 돼서 반가워요."

백주하는 빙긋 웃으며 서윤을 바라보았다.

눈앞에 앉아 있는 김서윤은 현재 국내외에서 가장 화제가 되고 있는 피아니스트다.

특히 롱 티보에서 보인 압도적인 퍼포먼스. 거기에 더해 빼어난 외모까지.

뭐 그건 그렇다 치자.

중요한 것은 이 천재 피아니스트가 왜 자신을 보고자 했냐는 점이다.

"인사는 이쯤 되었으니, 이만 본론으로 들어갈까요?"

"네."

서윤은 고개를 끄덕였다.

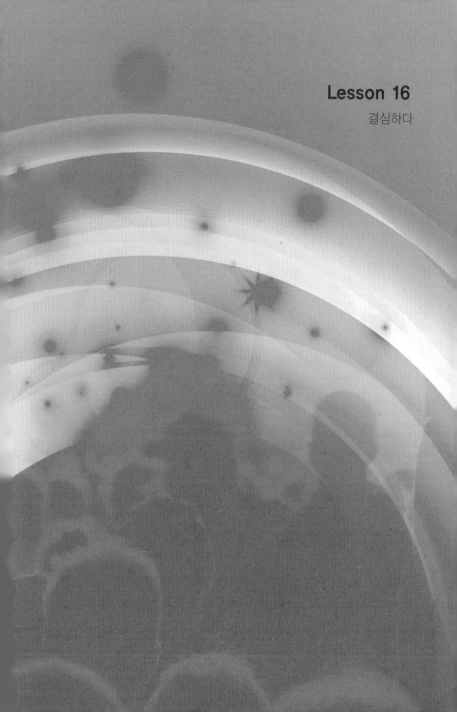

# Lesson 16

결심하다

"…이렇게 된 일입니다."

서윤의 말이 끝나자 맞은편에 앉아 있던 백주하가 입을 꾹 다문 채 눈을 내리깔았다.

서윤은 최대한 가감 없이 자신이 들은 대로 전달했다.

"그랬군요."

백주하는 잠시 생각을 정리하고 있었다.

"결론부터 말씀드릴까요?"

"네."

서윤은 고개를 끄덕이다가 이내 생각났다는 듯 말했다.

"그것보다 말씀 편히 해주세요."

백주하는 서윤의 형과 동갑인 76년생. 85년생인 서윤과는 많은 나이 차이가 나기 났다.

"…그럼 그럴까?"

"네."

서윤은 대답에 주하는 살짝 미소를 지으며 고개를 끄덕였다. 그리고 다시금 본론으로 돌아갔다.

"솔직히 네 선생님의 말이 틀린 것만은 아니야."

"……."

서윤의 눈썹이 꿈틀거렸다.

"틀리지 않았다는 것은?"

백주하는 앞에 놓인 잔을 들어 차를 한 모금 마시고는 서윤에게 고요한 시선을 보냈다.

"넌 현재 우리나라 클래식계… 아니, 어찌 보자면 세계 클래식계에서도 주목받고 있는 핫한 인물이야. 그에 반해 너를 가르쳤던 분은… 죄송하지만 이름조차 거의 알려지지 않은 분이지. 게다가 현재 정교수도 아닌 수도권 대학의 시간 강사."

거기까지 말한 백주하는 딱하다는 표정으로 서윤을 바라보았다.

"이런 말 하기는 뭐하지만 네가 생각한 것 이상으로 이쪽 세계는 학연, 지연 같은 인맥이 중요해. 그런데 네 선생님이란 분은 그런 게 전무하시지."

"……."

"아마도 네 선생님은 그걸 생각하셨을 거야. 너에게 더 이상 도움이 될 수 없다고."

백주하의 말에 서윤은 잠시 생각하는 듯하다가 대뜸 다른 말을 꺼내놓았다.

"물론 중요하기는 하겠죠. 하지만 전 그런 것 별로 필요 없습니다. 필요를 느끼지도 않고요."

"물론 너 자신은 그럴지도 모르지. 하지만 그건 네 생각이고, 선생님 입장에서는 달랐던 거야."

"좀 이해가 가지 않습니다."

"선생님은 그게 필요했을지도 몰라. 학연, 지연, 인맥이."

백주하는 쓴 미소를 지으며 말을 이었다.

"잘난 제자. 하지만 제자가 더 날아오를 수 있도록 도울 수 있는 힘이 없는 스승. 그게 얼마나 비참한지 아니?"

"한 가지 묻고 싶은 것이 있습니다."

"뭔데?"

"이쪽 세계가 인맥이 중요하다면… 현재 시간 강사이신 선생님은요?"

"응?"

"말씀하신 대로라면 선생님은 현재 인맥이나 그런 것이 없어서 저에게 도움이 될 수 없다라는 것이죠?"

백주하는 눈을 깜박이며 의아한 표정을 지었다. 방금 전에 자신이 한 이야기를 왜 곱씹어서 말한 것일까?

하지만 그런 의문은 잠시 접어두고 일단 고개를 끄덕였다. 그러자 서윤은 살짝 눈가를 일그러트리며 말을 이었다.

"그러면… 저희 선생님은 정교수가 될 수 있기는 한가요?"

그토록 인맥이나 유착 관계가 중요하다면, 교수 임용 역시 그러하다는 이야기일 수 있으니 말이다.

"그건……."

"음악계에 이름도, 그리고 인맥도 없는 저희 선생님이 교수 임용에서 떨어진 것에 그러한 이유가 작용한 겁니까? 왠지 그런 뉘앙스가 묻어 나오는 것 같아 드리는 말씀입니다."

서윤의 말에 백주하는 긴 한숨을 내쉬었다.

확실히 눈치가 있는 아이다. 조금 돌려 말하기는 했지만 그런 숨은 뜻도 담았기 때문이다.

"대학의 교수직이란 것에도 그런 것이 작용하기는 하지. 실력 이외에도 부가적인 플러스알파가 필요한 것이 사실이야."

서윤은 그 플러스알파가 무엇인지 가늠할 수 있었다.

"생각해 봐. 아는 사람과 모르는 사람이 엇비슷한 실력이라면 너는 어떻게 할래?"

"아는 사람을 뽑겠죠."

"그래, 그거야. 아무래도 안면이 있거나 같은 학교 출신, 같은 지역 출신에게 더욱 시선이 갈 수밖에 없지."

백주하는 표정을 살짝 굳히며 말을 이었다.

"하지만 그런 게 없다면 힘들지. 이게 바로 플러스."

"그럼 알파는 뭐죠?"

서윤의 물음에 백주하는 대답 대신 엄지와 검지 손가락을 동그랗게 말아 보였다.

그 손가락 모양은 흔히 말해……

"돈입니까?"

백주하는 고개를 끄덕였다.

"임용시켜 주겠다면서 시간 강사들에게 뇌물을 받는 교수들도 있어."

'불행하게도' 라고 덧붙인 백주하는 가볍게 한숨을 내쉬었다.

"적어도 억대. 하지만 박봉인 시간 강사에게는 버거운 금액이겠지? 집이 잘살지 않는 한 말이야."

그녀 역시 이 바닥에 몸을 담고 있는 사람. 더욱이 새 학기부터는 서울대 음대에 교수로 재직하게 될 몸이지만 서윤의 물음에 선선히, 아니, 조금은 노골적으로 대답해 주었다.

그 말을 듣고 있던 서윤은 눈살을 찌푸렸다.

"실례가 안 된다면 한 가지 물어봐도 되겠습니까?"

백주하는 그가 무얼 물어볼지 훤히 안다는 듯 고개를 내저으며 입을 열었다.

"오해는 하지 마. 난 앞서 말한 그런 부류가 아니야."

"……."

"계속 말해봤자 다람쥐 쳇바퀴 돌기니까 결론을 말해줄까?"

"네."

"두 가지 방법이 있어."

백주하는 의자 등받이에 몸을 묻으며 나른한 어조로 말했다.

"첫 번째는 너희 집에서 그 알파에 관한 도움을 주는 것."

알파라면 바로 돈이다.

"솔직히 말해서 돈으로 구애받는 집은 아니잖아? 너를 롱 티보 콩쿠르까지 이끈 것은 네 선생님. 솔직히 그 정도는 해줄 수 있지 않니? 듣기로 너 학창시절 때는 대단했다며?"

서윤은 입을 꾹 다물었다. 그러나 옆에 앉아 있던 이정민 여사는 고개를 끄덕였다.

왜 아니겠는가? 자기 자식이 롱 티보 콩쿠르를 석권할 수 있었던 것은 천재적인 재능도 있었지만, 그걸 발굴하고 닦아주고 이끈 것은 전적으로 혜진의 공이 컸다.

"하지만 그건 저도, 그리고 선생님도 원치 않으실 겁니다."

"그렇게 반응할 줄 알았어."

솔직히 서윤이 이 말에 수긍을 했다면 약간 실망할 수도 있었으리라.

"그렇다면 두 번째 방법."

잠시 말을 끊은 백주하가 등받이에 묻었던 상체를 앞쪽으로 들이밀었다.

"누구라도 뭐라 할 수 없을 정도로 네 선생님의 명성을 올리면 돼. 학연, 지연, 돈 그 무엇도 필요 없을 정도로. 자, 그러면 네 선생님의 명성을 올리는 방법은 뭘까?"

백주하는 의미심장한 미소를 지으며 서윤을 지긋이 바라보았다.

서윤은 백주하의 시선을 느끼며 그녀가 무엇을 말하고자 하는지 깨달았다.

"저입니까?"

백주하는 고개를 끄덕였다.

"응. 결국 선생님의 명성이 올라가는 것은 제자가 잘되었을 때잖아?"

"……"

"롱 티보… 물론 네임드 콩쿠르지. 하지만 너희 선생님은 롱 티보 국제 콩쿠르 전 부분 석권을 한 피아니스트의 스승 타이틀로도 학연과 지연이라는 벽을 못 넘어섰잖아? 그러면 그 이상의 것으로 그걸 넘겨야지. 이를테면……."

말끝을 흐린 백주하의 입꼬리가 살며시 위로 올라갔다.

"쇼팽이나 퀸엘리자베스, 차이코프스키 같은 3대 메이저 콩쿠르 정도면 어떨까?"

"3대 음악 콩쿠르."

"네가 그중 어느 한 곳에서라도 우승, 아니, 우승까지도 갈 것 없이 입상한다면 네 선생님의 명성은 올라갈 거야. 그때부터는 반대로 서로 모셔가려고 할지도 모르지."

백주하는 그렇게 이야기를 마쳤다.


그렇게 백주하와의 만남을 끝낸 그날 저녁.

서윤은 회사에서 현희와 아영의 보컬 레슨을 해주고 있었다.

하지만 생각이 많기 때문일까? 여느 때와는 달리 다소 조용하고 차분한 수업이 진행되고 있었다.

평상시처럼 서윤이 자신에게 구제불능이라며 윽박지르지 않아서인지 아영이 고개를 갸웃거렸다.

현희 역시 뭔가 다름을 느꼈는지 아영과 마찬가지로 서윤을 지긋이 바라보았다.

서윤은 잠시 생각에 빠져 있다가 자신을 향한 시선을 느끼고는 고개를 들었다.

"미안. 잠시 생각할 게 있어서."

"오빠 오늘 좀 이상한데?"

아영의 물음에 서윤은 현희에게 시선을 주었다.

"어라? 나 무시당한 거야?"

아영의 말은 넘어가기로 하자.

"꼬맹아."

"몇 번이고 말했지만 전 꼬맹이가 아니에요."

현희가 볼을 부풀리며 말했다. 요 근래에는 그래도 이름을 불러주더니만 왜 또 꼬맹이라 칭하냐는 불퉁한 어조였다.

"대충 넘어가고. 너 내가 쇼팽 콩쿠르에 나갔으면 좋겠어?"

이미 결론이 난 것으로 알고 있었건만, 갑작스런 물음에 현희가 눈을 동그랗게 떴다.

"왜요? 나가시게요?"

"흐음……."

"뭐예요. 제 물음에는 대답도 안 해주시고."

"이래저래 조금 복잡한 일이 생겼다."

"말해줄 수 있어요?"

서윤은 가만히 손을 들어 현희의 머리를 쓰다듬었다.

"욋! 어린애 취급은 그만둬 주세요. 저도 중학생이라고요."

"그러면 중학생답게 내 팔에 올라타는 걸 그만두는 게 어때?"

"그, 그건······."

현희가 그건 곤란하다는 표정으로 말을 더듬었다. 왜인지 모르겠지만 현희는 서윤의 오른팔에 집착(?)하고 있었다.

이 기세면 고등학교에 들어가도 올라타려 할지 모르겠다.

서윤은 그런 생각을 하며 다른 쪽 손을 옆으로 뻗었다.

터억!

신기하게도 손을 뻗은 곳에 아영의 머리통이 들어왔다. 서윤은 아영의 머리를 움켜쥔 채 들어 올렸다.

"이익!"

무시당했다고 생각한 아영이 서윤에게 급습을 시도했다가 실패한 것이다.

"대단해. 보지도 않고 잡아채다니······."

현희와 대화를 하며 아영의 머리통을 붙잡아 올리는 신기를 보인 서윤은 경이롭기까지 했다.

오른손으로는 현희의 머리를 쓰다듬고, 왼손으로는 아영의 머리통을 붙잡아 허공에 들어 올린 상태.

역시나 괴물 같은 힘의 소유자다웠다.

그렇게 잠시의 투닥거림 후 서윤은 보컬 수업을 끝내고 나
갈 채비를 했다.

"오빠, 오늘은 춤 연습 안 해?"

"응, 선생님 만나러 갈 거야."

서윤은 주머니를 뒤적이더니 만 원짜리를 한 장 꺼내서 건
네주었다.

"음료수 빼서 애들한테 돌리고."

"땡큐, 오빠!"

아영의 얼굴에 꽃 같은 미소가 피어올랐다.

방금 전까지 자기 무시한다고 달려들더니 만 원짜리 한 장
에 헬렐레거리는 모습이 참으로 단순하기 그지없다.

"내일 보자."

서윤은 애들에게 손짓을 하고 회사를 나섰다.

\*        \*        \*

"갑자기 전화가 와서 놀랐어."

혜진은 자신의 맞은편에 앉아 있는 서윤을 보며 조심스레
말했다.

"주문하시겠습니까?"

때마침 종업원이 물어왔고, 서윤과 혜진은 간단히 음료를

시켰다.

"그런데 무슨 일이 있니?"

"네. 조금 상의드릴 것이 있어서요."

서윤은 그렇게 말하고는 물을 한 모금 마신 뒤 말문을 열었다.

"쇼팽 콩쿠르에 나가려고요."

"얼마 전까지 그다지 내키지 않는다고 하지 않았니?"

혜진은 의아한 표정을 지으며 되물었다.

"뭐, 마음이 바뀌었다고 해두죠."

서윤의 말에 혜진은 빙긋 미소를 지었다.

"그래, 롱 티보에서만 끝내기는 좀 아깝지."

"그래서 말인데, 폴란드까지 같이 가주셨으면 해요."

"에?"

"바르샤바까지 같이 가달라는 말씀입니다."

폴란드까지 같이 가달라는 이야기는 다름 아닌 같이 쇼팽 콩쿠르를 준비하자는 뜻이었다.

쇼팽 콩쿠르가 열리는 장소가 다름 아닌 폴란드 바르샤바이기 때문이다.

"서윤아, 그건……."

"어떤 마음으로 하신 말씀인지 압니다. 그럼에도 불구하고 전 선생님과 같이하고 싶어요."

"…난 더 이상 도움이 되지 않아."

"전 그렇게 생각하지 않아요."

"난 그렇게 생각하고 있어."

서윤은 답답하다는 듯 앞에 놓인 물을 벌컥벌컥 들이켰다.

"정 도움이 되지 않는다고 생각하신다면, 도움을 줄 수 있도록 해주세요."

"말했잖아 난……."

"학연, 지연이 없는 시간 강사가 뭘 할 수 있냐고요?"

서윤은 혜진이 뭐라 하기 전에 낚아채듯 먼저 말했다. 그리고 잠시 고심하는 듯 머리를 거칠게 헝클어트린 뒤 입을 열었다.

"오늘 점심때 어머니의 친구 따님 분을 만났습니다."

"갑자기 무슨 뜬금없는 소리니?"

서윤은 아랑곳하지 않고 말을 이었다.

"바이올리니스트 백주하. 새 학기에 저희 학교 역사상 최연소 교수로 임용이 결정되었죠."

"……."

"제가 왜 만났으리라 생각하십니까?"

혜진은 입을 꾹 다물고 있었다.

"답답해서요. 조언을 구하기 위해 만났습니다."

"그래서?"

"결론만 말씀드릴까요?"

"그래. 어차피 길게 끌 이야기가 아니니까."

혜진은 지그시 눈을 감으며 말했다. 서윤은 그 모습을 바라보다가 입을 열었다.

"첫 번째는 돈이었습니다. 저희 쪽에서 금전적인 도움을 드리는 거죠."

혜진은 대번에 고개를 내저으며 눈살을 찌푸렸다.

"그런 건 바라지 않아. 싫어."

"알고 있어요. 저 역시 그러니까요. 그럼 남은 것은 두 번째 방법뿐이에요."

"두 번째… 그건 뭔데?"

혜진의 물음에 서윤은 빙긋 미소를 지었다.

"3대 메이저 콩쿠르 쇼팽 콩쿠르에서 수상… 아니, 우승자의 스승이 되면 돼요."

"어?"

혜진은 눈을 동그랗게 뜨며 어벙한 소리를 흘렸다.

"부정한 방법을 끔찍이도 싫어하시는 선생님입니다. 그렇다면 아주 정석적으로 가도록 하죠."

서윤은 눈을 가늘게 떴다.

속된 말로 실력으로 닥치게 만드는 것이다.

"쇼팽에서 한국 국적의 수상자는 아직 없는 것으로 알고 있습니다."

2000년에 출전한 피아니스트가 아깝게 결선에서 탈락한 것이 최고 성적.

그만큼 쇼팽 콩쿠르의 벽은 높았다.

"어때요? 이만한 타이틀이라면?"

"……."

"이 정도 타이틀의 피아니스트를 키워낸 스승이 되시면 지금의 상황은 모두 무시할 수 있지 않을까요?"

혜진은 눈을 동그랗게 뜨고 있을 따름이었다. 그렇게 잠시간의 시간이 흘렀을 무렵, 비로소 닫혀 있던 그녀의 입이 열렸다.

"재능으로만 따지자면……."

"……?"

"내가 봐온 수많은 피아니스트 중에서 너는 최고야."

천재 소리를 들은 피아니스트들도 어려서부터, 그것도 하루 대부분을 연습에 할애했다.

하지만 서윤은 달랐다. 피아노를 처음 접한 지 3년도 되지 않았다. 게다가 그네들처럼 피아노 연습에 올인을 한 것도 아니다.

오히려 춤과 노래 연습에 할애한 시간이 훨씬 길다.

그럼에도 불구하고 서윤은 롱 티보 콩쿠르에서 전 부문을 석권했다.

천재란 바로 서윤을 이르는 말일 터.

그렇기에 국내의 명망 있는 음악가들이 서윤의 후원자가 되어주겠다고 접근하는 것이겠지.

혜진의 말에 서윤이 피식 웃었다.

"그 말씀대로라면 충분히 가능성이 있다는 뜻이겠죠?"

"그래."

혜진의 긍정에 서윤은 한 번 크게 고개를 끄덕이고는 손뼉을 탁 하고 쳤다.

"그럼 결론이 났네요. 출전하도록 하죠."

"하지만……."

"뭔데요?"

"난 더 이상 너를 가르치기가 힘들어."

"하아, 그 이야기는……."

서윤이 답답하다는 듯 한숨을 내쉬며 말을 하려 했다. 하지만 혜진이 먼저 치고 나왔다.

"달라."

"뭐가요?"

"그럼 의미가 아니란 뜻이야."

혜진은 거기까지 말하고는 잠시 주저했다. 솔직히 이 이야기는 그다지 하고 싶지 않았다.

하지만 이제는 해야만 했다.

"…너에게 더 이상 가르칠 게 없다는 소리야."

"네?"

"언제부터였을까? 어느 순간부터 난 네가 피아노를 치는 모습을 지켜볼 수밖에 없었어. 더 이상 뭐가 부족한지, 어떠한 면을 보완해야 할지 알 수가 없단 말이야."

"……."

순간 서윤의 말문이 턱 하고 막혔다. 솔직히 혜진의 이 말은 전혀 예상하지 못한 것이었으니까.

"그게 얼마나 미안하고 막막한 느낌인지 아니? 너에게 제대로 된 후원자를 찾으라는 데에는 그 이유도 있었어. 피아니스트로서의 인생에 힘을 줄 수도 있지만, 그들이라면 너에게 가르침을 줄 수 있을 것 같았으니까. 그랬으니까……."

숨기고 싶었던 자신의 치부를 드러낸 탓일까? 혜진의 목소리에 살짝이지만 물기가 섞이기 시작했다.

"선생님."

"하아."

혜진은 긴 한숨을 내쉬더니 눈가를 손가락으로 찍어 눌렀다. 제자 앞에서 꼴사납게 눈물을 보이기 싫었다.

서윤은 말없이 그 모습을 바라보았다. 그 역시 답답했는지 가볍게 한숨을 내쉬었다.

하지만 그것도 잠시, 서윤은 조심스레 입을 열었다.

"선생님이 그런 마음을 가지고 있었는지 몰랐어요."

"그러니까……."

"하지만 제 마음은 바뀌지 않을 것 같아요."

"서윤아."

"왜 제가 그리도 귀찮아하는 콩쿠르를 나가겠다고 먼저 이야기했는데요. 아시다시피 저 그런 데 관심 없는 놈이에요. 선생님이 아니면 안 되기 때문에 그런 거예요."

혜진은 눈을 동그랗게 뜨며 서윤을 바라보았다.

"그러니까 이제 좀 저랑 같이하겠다고 말씀해 달라고요."

서윤의 말에 혜진은 고개를 떨궜다. 서윤은 입을 꾹 다문 채 연신 음료수를 들이켰다.

그렇게 5분여 정도 두 사람은 아무런 말없이 자리에 앉아 있었다.

"…내가 할 수 있을까?"

그리고 드디어 혜진의 입에서 확신 없는 한마디가 흘러나왔다.

"물론."

서윤은 고개를 끄덕였다. 그리고는 히죽 웃으며 말을 이었다.

"같이해 주세요."

＊　　＊　　＊

"아, 젠장."

서윤은 연신 투덜거리며 피아노를 쳤다. 현재 그가 치고 있는 것은 쇼팽의 소나타 3번 1악장이었다.

그날 이후 보름이란 시간이 흘렀다.

서윤은 현재 오후 1시부터 4시간째 MH 엔터테인먼트 자신의 피아노 연습실에 감금되어 있는 상태였다.

그리고 그 옆에 있는 것은 다름 아닌 혜진이었다.

그날 결국 혜진은 서윤의 청을 힘겹게 받아들였다.

거기까지는 좋았다. 문제는 그 이후 혜진이 왠지 모르게 무서울 정도로 열정적으로 변했다는 점이다.

첫 번째로 서윤의 연습 시간이 배로 들어났다.

물론 두 배로 늘어났다 한들 먹고 자는 시간을 제외하고 모두 연습에 투자하는 이들에 비할 바는 아니었지만.

똑딱~ 똑딱~

"박자가 아주 약간 빠르다."

혜진은 테이블 위에 놓여 있는 메트로놈 소리를 듣다가 서윤에게 지적을 했다.

"예예~"

"음~ 이제 맞네."

서윤은 대충 대답하면서도 미세한 박자를 그대로 맞춰냈다. 혜진은 그제야 만족한 듯 미소를 지었다.

"역시 서윤이야."

"아! 내가 왜 쇼팽 나간다고 했지?"

서윤은 연신 투덜거린다. 그러면서도 손가락을 피아노 건반을 계속 두드리는 신기를 발휘한다.

"뭐야, 벌써부터 후회? 이제 보름밖에 안 지났어."

혜진의 말에 서윤은 불퉁한 표정을 지으면서도 입을 다문 채 피아노 연습에 매진했다.

그렇게 20여 분 정도의 시간이 흐른 후 비로소 오늘 할당된 연습을 끝낼 수 있었다.

"수고했어."

"네."

서윤의 말이 끝나기가 무섭게 혜진은 연습실 한구석에 비치되어 있던 자그만 냉장고의 냉동실을 준비해 둔 냉수건을 건네주었다.

"이런 거 필요 없다니까요."

"시끄러. 이왕 제대로 하기로 한 것 혹시나 건초염이라도 오면 어쩌려고. 빨리 찜질해."

혜진의 말에 서윤은 어깨를 으쓱이며 양손을 내밀었다.

그녀는 맨 처음 서윤의 양손 전체에 소염제를 발라준 뒤, 차가운 수건으로 감싸 찜질을 해주기 시작했다.

　"많은 피아니스트들이 연습에만 매진하다가 건초염으로 고생하거나 심하면 그만두기도 해. 난 그 꼴은 못 봐."

　손목 관절 주변 힘줄에 염증이 생기는 건초염은 피아니스트들에게 특히나 자주 나타난다.

　"그래도 좋네요."

　"뭐가?"

　"예전보다 더욱 세심히 챙겨주시잖아요."

　서윤의 말에 혜진은 피식 웃었다. 확실히 예전에는 이렇게까지 챙기지는 않았다.

　"쇼팽 콩쿠르 우승한 피아니스트의 스승으로 만들어준다며."

　"잠깐만요, 그때는……."

　"한 입으로 두 말 하기야?"

　서윤은 한숨을 내쉬었다. 그 모습에 혜진이 빙긋 웃었다.

　솔직히 말해 입상만 해도 그게 어딘가?

　아직 우리나라는 쇼팽 콩쿠르에서, 특히 피아노 부분에서는 입상자를 배출하지 못했다.

　물론 우승한다면 더할 나위 없겠지만 입상을 하는 것만으로도 우리나라 클래식계의 경사가 될 것이다.

'그러자면 나도 더 열심히 해야겠지.'

이왕 시작한 것, 조금이라도 서윤에게 도움이 돼야 한다. 그렇기에 요즘 혜진은 밤늦게까지 공부를 하고 있었다.

각종 피아노에 관한 이론부터 해외의 거장 피아니스트들의 영상을 꼼꼼히 챙겨본다.

서윤을 가르치기에 역량이 모자라다면 그것을 키워야만 한다. 그래야 서윤에게 부끄럽지 않은 스승이 될 테니까.

"그것보다 취입 스케줄 나왔지?"

"네, 3일 뒤에 출국합니다."

서윤의 말에 혜진은 고개를 끄덕였다.

드디어 서윤의 앨범 녹음 스케줄이 나왔다. 스튜디오가 있는 곳은 미국.

"전 유럽에서 녹음할 줄 알았어요."

"대중문화도 그렇지만 클래식 예술 부분의 중심지 역시 미국이야. 그것은 부정하지 못하지. 그만큼 제반시설이나 유명한 스튜디오도 많고. 아, 다 됐다. 어때?"

혜진은 정성스레 찜질을 해주던 수건을 걷어냈다. 서윤은 손목과 손가락을 정성스레 누르고 움직여 보며 스트레칭을 한 뒤 고개를 끄덕였다.

"문제없어요."

"녹음을 끝낸 뒤에는 알지?"

"예예."

서윤은 고개를 끄덕였다. 녹음을 끝낸 뒤 뉴욕에서 클래식 공연을 관람하고 기회가 된다면 미국의 유명한 클래식 연주자들과의 만남도 추진하기로 했다.

다른 이유보다는 서윤의 안목을 넓혀주려는 이유였다.

"그럼 오늘은 이만하고."

"네. 그것보다 이 꼬맹이는 왜 안 와?"

"응?"

갑자기 왠 꼬맹이?

"외국물 꼬맹이요."

"아."

서윤의 말에 혜진은 누군지 알겠다는 표정으로 고개를 끄덕였다. 아무래도 MH 엔터테인먼트에서 연습을 하다 보니 서윤과 어울리는 연습생 여자애들과도 안면이 있었다.

그중 그나마 친하다 볼 수 있는 아이는 현희였다. 서윤의 첫 번째 피아노 스승(?)이기도 했고 어려서부터 피아노 학원을 하는 모친의 영향을 받아 피아노를 꾸준히 쳐왔다.

피아니스트가 될 정도의 재능은 가지지 못했지만 워낙에 성실하고 노력파라 시간이 날 때 조금씩 조언을 해주기도 한다

그 외에는 그다지 친하다 볼 수 없다. 다만 안면이 있어 인

사를 주고받는 정도랄까?

서윤이 말한 외국물 꼬맹이, 수련 역시 그 정도의 존재였다.

"왜?"

"오늘 월간 평가 날이거든요."

이것 역시 이곳에 다니면서 알게 된 사실이다.

솔직히 처음에는 약간은 낮게 본 것도 사실이지만, 실상을 겪어보니 나름대로 치열하고 열심히들 노력하고 있었다.

더욱이 월말, 분기별마다 평가를 통해 연습생들을 평가하고 그곳에서 잘하지 못하면 잘리기도 한다.

대부분의 연습생들이 미성년인지라 이러한 회사 시스템을 가혹하다 느낄 수도 있겠지만 클래식계도 더하면 더했지, 못하지 않은 곳인지라 혜진은 고개를 끄덕일 뿐이었다.

"그런데?"

"맹랑한 꼬맹이 녀석이 오늘 월말 평가에서 노래 부르는데 피아노 반주를 해달라네요."

"아하하."

서윤의 말에 혜진은 마른 웃음을 흘렸다.

국내, 아니 어쩌면 현재 세계 클래식계에서도 가장 핫하게 떠오르는 천재 피아니스트가 연습생 월말 평가에 반주를 해준다니.

하지만 혜진은 이내 고개를 끄덕였다.

"뭐 모르는 사람도 아니고… 상관없겠지."

"선생님도 보고 가실래요?"

"그럴까? 한번쯤 보는 것도 나쁘지 않겠네."

서윤의 제안에 혜진 역시 미소를 지으며 답했다. 그렇게 얼마나 시간이 지났을까?

똑똑.

조심스럽게 문을 두들기는 소리가 들리더니 수련이 얼굴을 빼꼼히 들이밀었다.

"연습 끝나셨… 안녕하세요."

수련은 서윤과 같이 앉아 있는 혜진을 발견하고는 꾸벅 인사를 했다.

"안녕. 오랜만이네."

혜진이 반갑게 맞이한다. 그에 비해 수련은 다소 쭈뼛거리는 인상이다.

"너 임마, 저번에도 말했지. 연예인 하려는 애가 그렇게 낯을 가려서 어떻게 하냐?"

서윤은 타박하듯 말하고는 들어오라는 듯 손짓을 했다.

"오늘 할 곡은 정했냐?"

"이거요."

수련이 악보를 건넸다. 서윤은 제목을 들여다보고는 고개를 끄덕였다.

"Sixpence None The Richer의 곡이구만? 네 목소리에 잘 어울리겠네. 잘 골랐어."

게다가 연주 자체도 그다지 어렵지 않다.

괜히 비교를 하는 게 아니라, 클래식에 비하면 대중가요의 연주는 그다지 어렵지 않다.

솔직히 서윤의 실력이라면 연습 없이 악보를 보면서 쳐도 무방할 정도니까.

"그런데 어떻게 서윤이한테 반주를 해달라고 할 생각을 했어?"

"그래, 나 바쁜 몸이라고."

혜진의 말을 서윤이 받아서 재차 공격했다.

수련은 잠시 움찔하다가 조심스럽게 입을 열었다.

"저, 저번 달 월말평가에서 혼나서. 어떻게든 좋은 평가를 받으려고……."

"쯧. 그러게 열심히 해야지."

위로는 못 해줄망정 서윤은 다시금 타박을 한다. 그러면서도 자리를 잡고 악보를 펼치며 수련을 옆에 앉혔다.

이내 서윤의 손이 건반 위를 수놓기 시작했다. 수련의 가녀리면서도 고운 목소리가 연습실 안을 조용히 감쌌다.

"와아."

혜진은 자신도 모르게 나지막한 감탄을 터트렸다.

수련의 가녀리면서도 고운 음색이 서윤의 피아노와 합쳐지니 굉장한 시너지를 냈기 때문이다.

게다가 이 아이, 생각보다 노래를 굉장히 잘한다. 톤이 가냘프면서도 미묘한 떨림이 있는 것이 굉장히 여성스럽다고 할까?

노래가 끝나자 수련은 자신도 꽤 마음에 들었는지 미소를 지었다.

하지만 왜인지 모르게 서윤은 잠시 머리를 긁적였다.

"그냥 이대로 하기에는 좀 그런데."

"왜요? 전 마음에 드는데."

"조금 더 임팩트가 있어야지. 잠시만 기다려 봐."

갑자기 필을 받았는지 서윤은 펜을 들고 악보에다 뭔가를 적기 시작했다.

"편곡하는 거니?"

"네, 이래 보여도 작곡과 아닙니까? 곡 장르를 좀 달리해 볼까 해서요."

"오빠, 시간 없는데."

"시끄러."

발을 동동 구르는 수련의 말을 무시하고 악보의 빈 곳을 채워 나가기 시작했다.

그렇게 10여 분 정도의 시간이 흘렀을 무렵 악보를 채우던 펜 놀림이 멈췄다.

"자, 됐다. 여기 앉아."

"전 이제 모르겠어요."

"짜샤, 나 믿어."

서윤은 수련을 억지로 앉힌 뒤 손을 건반 위로 올려놓았다. 그와 동시에 수려한 재즈풍의 연주가 서윤의 손 위에서 펼쳐졌다.

"……!"

"하하하……."

수련의 두 눈이 동그랗게 떠졌다. 그리고 혜진은 고개를 절레절레 내저으며 너털웃음을 흘렸다.

정말이지 자신의 제자는 너무도 많은 재능을 타고났음을 다시금 실감했다.

월말평가의 결과?

"이건 사기야!"

"수련이 너! 치트를 써?"

월말평가서 맨 윗줄에 박힌 정수련이란 이름을 바라보며 아이들이 격분했고 수련은 만족스러운 웃음을 흘리고 있었다.

참고로 MH 엔터테인먼트의 공식 흑구인 권유라 양은 피눈

물을 흘리고 있었다.

"꼴찌다."

"너도 노래나 춤을 준비해. 언제까지 개인기랍시고 공룡 흉내 시리즈로 울궈 먹을래?"

"내 티라노사우루스 모사를 모욕하지 마!"

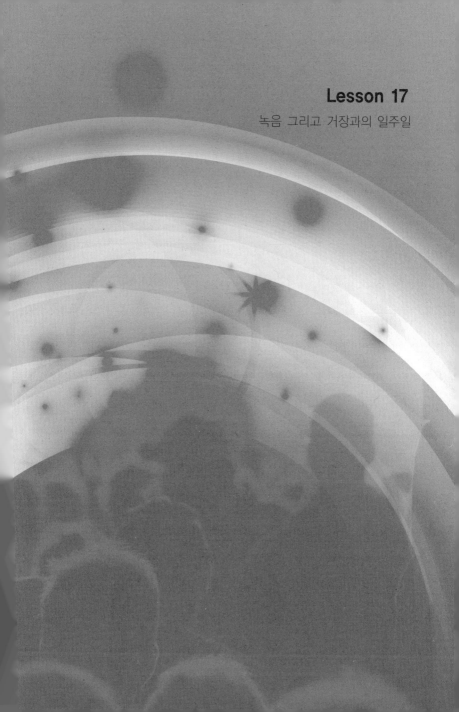

**Lesson 17**

녹음 그리고 거장과의 일주일

  수련이를 가뿐하게 월말평가 1등에 올려놓으신 우리의 김
서윤 군은 현재 다른 아이들에게 시달림을 당하고 계시는 중
이다.

  "어떻게 이럴 수가 있어요?"

  "오라방 너무해!"

  더욱이 맨 앞에서 다다다다거리며 쏘아붙이고 있는 이들
은 다름 아닌 아영과 수아.

  현희와 유라 역시 드러내고 있지는 않지만 서운한 기색이
역력했다. 신입인 전주 출신 연지와 미국 출신 음정은 눈치만

보고 있는 중이다.

재혁이 도축장 앞 소처럼 끌려들어 가는 모습을 본 뒤 아직 서윤을 무서워하고 있는 중이다.

참고로 수련은 팔짱을 낀 채 아이들을 내려다보고 있었다. 물론 그것도 잠시, 서윤에게 머리를 콩 쥐어 박힌 뒤 눈물을 찔끔거렸다는 것은 넘어가기로 하자.

"이제 그만들 해. 오빠 이만 가야 하니까."

그랬다. 오늘은 다름 아닌 서윤의 출국 날이었다.

"뭐, 이미 지나간 일이니 어쩌겠어."

아영이 체념했다는 어조로 이야기했다. 이미 벌어진 일인 데 어쩌겠는가?

수아는 서윤을 바라보며 물었다.

"가면 언제쯤 돌아와?"

"일단 한 달 예정이랄까?"

"그렇게 오래?"

아영과 유라의 표정이 무너졌다. 그 모습에 서윤은 눈가를 부라렸다.

보아하니 한 달 동안 자신에게 못 얻어먹는 것이 슬픈 것이 리라.

"한 달이면 살 좀 빠지겠는데?"

"무, 무슨……."

"너희가 왜 그런 표정 짓는지 내가 모를까 봐?"

서윤의 말에 아영과 수아는 말문이 막힌 듯 입을 꾹 다물었다. 아무래도 서윤의 예상이 맞은 모양이다.

"그런데 한 달 일정이면 뭐하시려고요?"

듣고 있던 현희가 물었다.

"녹음 자체는 아무리 길어도 일주일이면 끝날 테지. 그 뒤에는 피아니스트를 한 분 뵙고, 클래식 연주회도 좀 관람하고……."

"피아니스트요?"

"밴 클라이번."

"밴 클라이번!"

아무래도 피아노에 관심이 많은 현희가 가장 크게 반응했다.

미국의 피아니스트.

자신의 이름을 딴 클라이번 국제 피아노 콩쿠르가 있을 정도로 세계적인 연주자였다.

그야말로 거장이라 칭하기에 부족함이 없는 인물이다.

라디오에서 라흐마니노프의 연주를 듣고 감격하여, 피아니스트가 되기로 결심한 클라이번은 4세의 나이로 대중 앞에서 연주를 했고, 12살에 휴스턴 교향악단과 협연을 했을 정도로 어려서부터 그 천재성을 나타냈다.

더욱이 그는 냉전 하에 있던 구소련의 차이코프스키 콩쿠르, 그것도 1958년도에 열린 1회 대회에 출전하여 1위를 획득하기도 했다.

1957년 미국보다 한발 앞서 인공위성을 쏘아올린 후라서 소련에 열등의식을 가지고 있던 미국인들에게 그야말로 혜성처럼 나타난 영웅이 된 것이다.

당시 그를 맞이하기 위해 맨해튼 거리에 10만 명이 모여 퍼레이드를 하기도 했다.

또한 클라이번은 클래식 음반 사상 처음으로 100만 장이 팔리며 빌보드 차트에 125주나 머무는 기록을 남기기도 했다.

일일이 열거하기도 어려운 거장이 바로 밴 클라이번인 것이다.

물론 현희 이외에는 모두 고개를 갸웃거리고 있었다. 아마 만화였다면 머리 위로 물음표가 떠올라 있을 것이다.

현희는 잔뜩 흥분해서 말했다.

"어떻게 그분을 만날 수 있게 되었나요?"

"몰라. 그쪽에서 연락이 왔어."

이건 솔직히 서윤 역시 예상하지 못한 것이었다.

왜냐하면 당초에 서윤과 혜진은 녹음 스케줄이 끝난 뒤 클래식 연주회를 관람하고 줄리아드 음대 같은 곳에 들르면서

안목을 넓히는 정도로 계획을 잡고 있었다.

　그런데 어제, MH 엔터테인먼트로 연락이 왔다. 서윤이 미국에 녹음을 하러 오는 것을 어떻게 알았는지 클라이번이 만나보고 싶다는 제안을 했다는 것이다.

　서윤과 혜진의 입장에서는 당연히 땡큐였다.

　"대단하세요."

　"하하."

　"오빠, 혹시 기회 되면 사인이라도……."

　현희의 말에 서윤은 가자미눈을 하며 그녀를 바라보았다.

　자신이 말을 해놓고도 뻘쭘했는지 현희는 머리를 긁적였다. 서윤은 그 모습을 바라보다가 어깨를 으쓱였다.

　"물어는 볼게."

　"가, 감사합니다."

　확실치는 않지만 시도는 해보겠다는 말에 현희의 얼굴이 꽃처럼 활짝 피었다.

　"다녀온다."

　"다녀오세요!"

　"내 꿈 꿔!"

　"말린 망고 사다주세요."

　"내 꿈 꿔랑 말린 망고 나와."

　서윤이 아이들에게 달려들었다.

　　　　　\*　　　\*　　　\*

"미국이네."

"미국이야."

14시간을 날아 JFK 공항에 내린 서윤과 혜진의 첫 마디였다. 옆에는 서윤의 매니저가 잔뜩 흥분된 표정을 짓고 있었다. 듣자 하니 미국은 처음이란다.

짐을 찾아 나오니 음반회사의 직원이 세 사람을 기다리고 있었다.

"어서 오십시오. 제임스 정입니다."

약간은 어눌한 발음으로 인사를 건네는 이는 다름 아닌 동양인이었다.

"한국말 할 줄 아십니까?"

"네. 재미교포 2세입니다. 만나 뵙게 되어 반갑습니다."

"반갑습니다."

가볍게 악수를 주고받은 세 사람은 차에 올라탔다.

"스케줄을 알려주실 수 있으신가요?"

"일단 저희 쪽에서 준비한 호텔에 가서서 2시간 정도 휴식을 취하시고 이동하시면 될 것 같습니다. 녹음할 스튜디오를 둘러보는 것이 오늘 스케줄입니다."

"그것으로 끝입니까?"

"네, 장기간 비행을 하셨으니 피곤이 쌓였을 테고 시차 문제도 있고요."

"알겠습니다."

서윤은 고개를 끄덕였다.

호텔에서 잠시 휴식을 취한 뒤 서윤은 제임스 정의 안내에 따라 스튜디오로 이동을 했다.

도착했을 때 서윤을 맞이한 것은 녹음을 지휘할 프로듀서와 엔지니어, 그리고…….

「존 스탁스입니다.」

「저희 보스십니다.」

「보스가 뭔가, 보스가.」

존스탁스의 타박에 제임스 정은 피식 미소를 지어 보이며 다시금 소개했다.

「정정하겠습니다. 저희 레이블의 대표이십니다.」

제임스 정의 말에 서윤은 아! 하고 나지막한 탄성을 흘렸다.

대표가 직접 스튜디오에 올지는 몰랐는지 서윤은 다소 얼떨떨한 표정을 지었다.

서윤을 얼마나 좋게 보고 기대를 걸고 있는지를 알 수 있었다.

「만나 뵙게 돼서 영광입니다. 존 스탁스입니다.」

「저야말로 좋은 기회를 주셔서 감사합니다.」

존 스탁스와 서윤은 덕담을 잠시 주고받은 뒤 본격적으로 스튜디오를 둘러보기 시작했다.

넓은 녹음실 부스 안에는 스타인웨이 피아노가 놓여 있었다.

서윤은 가볍게 건반을 누르며 피아노 소리를 점검하기 시작했다.

혹시 조율이 필요하다면 곧바로 요청할 생각이었다.

「조율 상태는 완벽하군요.」

서윤의 말에 프로듀서가 안도한 어조로 말했다.

「만족하시니 다행이군요.」

「한 번 쳐봐도 되겠습니까?」

「네?」

「가볍게 손도 좀 풀 겸해서요.」

뜻밖에 제안에 프로듀서가 어벙한 표정을 지었다. 하지만 이내 고개를 끄덕였다.

서윤이 의자를 빼 자리를 잡고 앉자 프로듀서와 엔지니어, 그리고 존 스탁스 역시 기대감 어린 표정으로 부스 안을 바라보았다.

"어떤 곡을 치지?"

서윤은 잠시 생각을 하다가 리스트의 곡을 선택했다. 더욱이 이번에 낼 앨범은 쇼팽과 리스트로 이루어질 예정이었다.

이윽고 서윤의 손을 타고 나온 곡에 부스 밖에 서 있던 혜진이 중얼거렸다.

"헝가리 광시곡 2번."

'차르다슈(csardas)' 라고 불리는 민족 무곡의 형식에 상당히 자유로이 구성되어 있는 곡으로, 장중하고 느린 도입부와 격렬하고 빠른 부분을 기본으로 하고 있다.

특히 2번 C샵 단조는 리스트(헝가리)의 작품 중에서도 유명한 곡 중 하나.

「오오.」

프로듀서와 존 스탁스 역시 서윤이 치는 곡을 깨닫고는 나지막한 탄성을 흘렸다.

그리고 이내 서윤의 연주에 몰입했다. 숨을 쉬는 시간조차 아깝다는 듯 침묵하며 귀를 기울였다.

그렇게 장장 10여 분간의 연주가 끝이 났다.

부스 밖에서 연주에 흠뻑 빠져들었던 관계자들은 조용히 서윤을 바라보고 있었다.

"후우."

그때 서윤을 따라온 매니저가 참았던 숨을 토해내며 침묵을 깨트렸다. 그리고 그것이 신호라도 된 것처럼 모두가 박수를 치기 시작했다.

"Bravo!"

즉흥적인 제안, 그리고 즉흥적인 연주, 마지막으로 소수의 인원이었지만 그들은 그 누구보다 열정적으로 박수를 치며 서윤의 기량에 찬탄을 아끼지 않았다.

이윽고 서윤이 부스 밖으로 나오자 존 스탁스가 상기된 표정으로 다가와 그의 양손을 부여잡았다.

「대단한 연주였습니다.」

「감사합니다.」

서윤은 빙그레 웃으며 고개를 끄덕였다. 하지만 그는 서윤의 연주가 무척이나 마음에 들었던지 예정에도 없던 저녁식사를 제안해 왔다.

어딘지 모르게 잔뜩 흥분한 모습에 서윤은 '이 양반이 왜 갑자기 이래?'란 표정을 지으면서도 고개를 끄덕였다.

그렇게 저녁 식사를 하고 숙소로 돌아온 서윤은 한숨을 내쉬었다.

잠시 씻고 편안한 옷으로 갈아입은 뒤 침대에 앉았을 무렵 혜진이 찾아왔다.

"오늘 수고 많았어."

"선생님도 수고 많으셨어요."

"내가 한 게 뭐가 있다고."

혜진은 고개를 내저었다.

"앉으세요. 커피 한 잔 드려요?"

"그래."

이윽고 서윤이 커피를 내오고 두 사람이 마주 앉았다.

"생각 이상으로 반응이 좋았지?"

그녀가 말하는 대상은 오늘 같이 저녁을 먹은 존 스탁스였다.

"조금은 부담스러울 정도였으니까."

"그만큼 너에게 거는 기대가 큰 것일지도 몰라. 좋게 생각하자고."

"네."

서윤은 고개를 끄덕였다.


같은 시각 존 스탁스는 서윤을 공항부터 수행한 제임스 정과 자신의 업무실에 마주 앉아 있었다.

「어떠셨습니까?」

「아주 만족스러웠어.」

존 스탁스는 아직까지도 서윤의 연주가 여운이 남은 듯 뿌듯한 미소를 지으며 고개를 끄덕였다.

「솔직히 말씀드리자면 저 역시 놀랐습니다.」

「롱 티보에서 이미 그의 연주를 듣지 않았나?」

「예, 그랬죠. 분명 당시에도 대단했습니다. 하지만 뭐랄까요? 그때와는 느낌이 좀 다른 것 같습니다.」

「......?」

존 스탁스는 고개를 갸웃거렸다. 그 모습에 제임스 정은 경이롭다는 표정을 지으며 말했다.

「롱 티보 이후 고작 몇 달 만에 무슨 일이 일어났던 걸까요?」

「자네의 표정이나 말투를 보건대 예전보다 더 좋아졌다는 뜻인 것 같군.」

제임스 정은 고개를 끄덕였다. 그리고는 다소 얼떨떨한 표정으로 존 스탁스에게 시선을 주었다.

「더 놀라운 점은 그가 현재 정상 컨디션이 아니라는 것입니다.」

순간 존 스탁스의 눈이 크게 치켜떠졌다. 감동스럽기까지 했던 서윤의 연주에 취해 그것을 생각지 못하다니.

서윤은 긴 시간 비행기를 타고 뉴욕에 도착했다. 시차도, 컨디션도 정상일 리가 없을 터.

「그는 단지 2시간을 쉬었을 뿐입니다. 게다가 즉흥적으로 연습 삼아 쳤죠.」

제임스 정의 말에 존 스탁스는 자신도 모르게 몸을 한 차례 떨었다.

「저희 레이블의 간판은 미스터 김이 될 수도 있군요.」

제임스 정은 '물론 저희와 계속 일을 할 때의 이야기겠지요.' 라고 덧붙였다.

그의 말에 존 스탁스는 눈가를 빛내며 입을 열었다.

「재계약을 해야겠구만.」

아직 첫 앨범의 녹음도 시작하지 않았건만 존 스탁스는 재계약을 결심했다.

롱 티보 전 부문 석권이라는 타이틀을 바탕으로 유럽에서 서서히 이름을 알려가고 있었지만 아직 북미에서는 인지도가 높지 않다.

클래식 애호가라면 모를까, 러시아의 예프게니 키신이나 중국의 윤디 리와는 달리 아직 신인인 것이다.

하지만 존 스탁스는 오늘 연주를 계기로 확신했다.

배우라 해도 무방할 정도의 잘생긴 외모, 그리고 그 외모를 뛰어넘는 실력.

「그는 곧 클래식계에 슈퍼스타가 될 거야. 반드시 붙잡도록 해.」

「네, 보스.」

「어허!」

「대표님.」

*　　　*　　　*

"수고하셨습니다."

서윤은 녹음을 끝내고 나와 혜진에게 인사를 건넸다.

혜진은 고개를 내저었다.

"수고는 무슨. 난 보기만 했는데."

혜진의 말에 서윤은 피식 웃었다. 그리고 자신의 녹음을 맡은 엔지니어와 프로듀서에게도 인사를 건넸다.

「일주일 동안 고생들 많으셨습니다. 같이 일하게 돼서 영광이었습니다.」

「아닙니다. 저희야말로 미스터 김 같은 피아니스트와 작업을 할 수 있어서 영광이었습니다.」

「환상적인 결과물이 나올 겁니다. 기대해 주십시오.」

프로듀서와 녹음 엔지니어가 겸양 어린 어조로 말한다.

근 일주일 동안 스튜디오에서 동고동락한 사이. 하지만 두 사람은 처음 만났을 때와 마찬가지로 서윤에게 예의를 갖추며 감사의 말을 건넸다.

뒤에서 그 모습을 바라보던 제임스 정이 다가왔다.

"수고하셨습니다. 흠잡을 때 없는 훌륭한 연주, 정말 감탄했습니다."

다소 어수룩한 발음과는 달리 단어나 어휘 선택에 유려한 제임스였다.

"마음에 드셨다니 다행이네요."

"그것보다 MH 엔터테인먼트에 제안을 해놓았습니다."

"아, 그렇습니까?"

서윤은 고개를 끄덕였다.

다름 아닌 서율의 앨범 계약에 관한 건이었다. 존 스탁스의 엄명(?)을 받잡아 제임스 정은 서윤이 녹음을 하는 동안 뻔질나게 스튜디오를 들락거렸다.

속된 말로 작업을 한 것이다.

귀찮은 것은 질색인 서윤이었지만 제임스 정의 정성에 결국 받아들였다.

당사자가 받아들이자 제임스 정은 MH에 추후 앨범 3장에 관한 발매를 제안했다.

아직 첫 앨범을 녹음 중이건만 추후 자사 클래식 레이블 간판으로 키우겠다는 존 스탁스의 야심으로 이후 3장의 앨범을 발매하기로 한 것이다.

게다가 존 스탁스는 서윤에게 무척이나 달콤한 제안을 했다.

다름 아닌 이후 나올 석 장 중 한 장은 독주곡이 아닌 협주곡으로 발매하겠다고 한 것이다.

"미스터 김과 뉴욕 필하모닉 오케스트라의 앙상블이라. 환상적이지 않습니까?"

오케스트라와의 협연은 확실히 멋진 것이다. 더욱이 세계적인 명성의 뉴욕 필하모닉이라면 더욱 그렇다.

뭐, 결론적으로 서윤은 제안을 받아들였다.

"그런데 조금 아쉽군요. 녹음도 훌륭히 끝냈고, 식사 자리를 마련하고자 했는데."

"마음 같아서는 그러고 싶지만 거장과의 약속이 있는지라."

서윤의 말에 제임스 정은 입맛을 다셨다.

미국을 대표하는 피아니스트, 밴 클라이번과의 만남은 그 무엇보다 중요했다.

"그럼 미국을 떠나시기 전에 꼭 한번 연락 주십시오. 근사한 곳에서 식사를 대접하겠습니다."

"시간이 된다면 연락드리겠습니다."

서윤은 빙그레 미소를 지으며 자리를 나섰다.

스튜디오를 나온 서윤은 혜진과 매니저를 돌아보며 말했다.

"몇 시 비행기죠?"

매니저는 수첩을 꺼내 들여다보고는 곧바로 대답했다.

"2시간 15분 뒤입니다."

"본래대로라면 녹음이 끝난 뒤에 뉴욕에 머물면서 클래식 공연들을 보려 했지만."

서윤은 그렇게 말하고는 차에 올랐다. 혜진 역시 매니저에 게 시선을 주며 물었다.

"달라스까지는 얼마나 걸리죠?"

"3시간 40분 정도입니다."

"역시 미국은 크네."

혜진은 질렸다는 표정으로 중얼거렸다.

현재 세 사람이 가는 곳은 텍사스 주 포트워드다.

밴 클라이번 국제 피아노 콩쿠르가 열리는 곳으로, 그의 자택이 있기도 하다.

"가도록 하죠."

서윤의 말에 두 사람은 고개를 끄덕였다.

*　　　*　　　*

「어서 오게.」

3시간 40분을 날아 달라스포트워드 국제공항에 도착한 서 윤 일행은 예상치 못한 상황에 당황하고 있었다.

서윤을 초대한 밴 클라이번이 손수 공항까지 마중 나온 것이다.

「영광입니다.」

「이곳까지 오느라 고생이 많았네.」

「아닙니다.」

「혹시 시장하지는 않은가?」

「약간 그런 것 같습니다.」

서윤의 말에 밴 클라이번은 미소를 지으며 그들을 이끌었다.

전통 텍사스식 바비큐를 대접해 주겠다며 서윤을 챙기는 모습은 '다소 어렵지 않을까?' 하는 당초의 예상을 완전히 벗어나는 것이었다.

밴 클라이번은 손수 몰고 온 차에 세 사람을 태우고 이동했다.

「롱 티보에서의 영상을 보았네. 아주 훌륭하더군.」

「좋게 봐주셨다니 감사합니다.」

「젊고 잘생긴 데다 실력까지 출중한 피아니스트. 왜인지는 모르겠지만 꼭 한번 만나보고 싶다는 생각이 들더군. 그러던 중 우연치 않게 자네가 미국에 온다는 사실을 알았네. 잘됐다 싶었지.」

「저 역시 연락을 받고 놀랐지만 한편으로는 굉장히 흥분되었습니다.」

「그거야말로 다행이구만. 뉴욕에서 텍사스까지 불러들인 것 같아 마음에 걸렸는데.」

「신경 쓰실 필요 없습니다. 마땅히 찾아뵈어야죠.」

초면임에도 불구하고 두 사람은 어색함 없이 대화를 이어 나갔다.

「오오, 그렇다면 처음 자네에게 피아노를 가르쳐 준 것이 초등학생이었단 말이로군.」

「네. 지금은 중학생이 되었지만요.」

서윤의 말에 클라이번의 입가에 미소가 지어졌다.

운전을 하며 서윤이 어떻게 피아노를 시작하게 되었는지, 그리고 어떻게 연습을 해왔는지를 물어보았다.

그리고 무척이나 흥미가 있다는 표정을 지었다.

정식으로 피아노를 배우게 된 것은 3년여, 게다가 처음 그에게 피아노를 가르친 것이 초등학생 여자아이였다니.

누가 상상이나 했을까? 최근 클래식계에서 가장 주목받는 신진 피아니스트의 첫 스승에게 그런 비밀이 있을 줄이야.

「그리고 현재의 스승이 뒤에 앉아 계신 저 숙녀 분이시고?」

「네, 그렇습니다.」

서윤의 말에 클라이번은 백미러로 혜진을 바라보며 살짝 눈을 마주쳤다.

「아주 훌륭한 제자를 두셨습니다.」

「저야말로 서윤이 같은 아이를 가르칠 수 있음을 감사하게 여기고 있답니다.」

그렇게 세 사람은 덕담을 주고받았다.

참고로 매니저는 뻘쭘하게 앉아 있었음을 알아두도록 하자.

그렇게 한 시간여를 달려 밴 클라이번의 자택에 도착했다.

자택에는 이미 식사 준비가 되어 있었다.

그릴에서는 바비큐가 익어가고 있었고, 정원에 놓인 식탁에는 각종 샐러드와 으깬 감자, 그리고 먹거리들이 푸짐하게 차려져 있었다.

「맛있게들 들게.」

밴 클라이번이 미소를 지으며 말했다.

세 사람 역시 감사를 표하고 식사를 하기 시작했다.

「정말 맛있습니다.」

서윤은 텍사스식 바비큐를 한 입 먹어본 뒤 눈을 동그랗게 뜨며 말했다.

「음식이 입에 맞는 것 같아 다행이네. 아직 많이 있으니까 마음껏 들게.」

「네.」

서윤은 미소를 지은 뒤 식사를 했다.

그렇게 식사시간이 끝나고 밴 클라이번과 서윤, 혜진은 거실로 들어와 차를 마셨다.

서윤은 소파에 앉은 채 거실을 둘러보았다.

멋들어진 벽난로, 장식대에는 그가 피아니스트로 살아오며 받은 상장과 훈장들이 있었다.

그리고 거실 중앙에 피아노가 고고히 자리하고 있었다.

「세월이 느껴지는 피아노군요.」

「아아, 족히 50년은 되었지.」

그렇게 중얼거리며 밴 클라이번은 피아노를 가볍게 쓰다듬은 뒤 뚜껑을 열고 건반에 손가락을 올렸다.

딩~

건반이 눌려지자 세월이 무색할 정도로 명료한 소리가 흘러 나왔다.

「하지만 관리는 완벽하다네.」

빙긋 웃어 보이고는 의자를 빼 자리를 잡고 앉았다.

그리고 이내 그의 손가락이 건반 위를 노닐기 시작했다.

"드뷔시의 기쁨의 섬."

1904년에 완성한 피아노 독주곡이다.

클라이번의 드뷔시는 불필요한 꾸밈이나 허세는 찾아보기 힘들었다. 있는 그대로의 드뷔시.

서윤은 마치 드뷔시가 애초부터 이러한 느낌으로 곡을 만

들었을 것 같다라는 생각이 들었다.

그러면서 놀랐다.

올해 일흔의 그는 풍부한 표현력과 상상력, 그림같이 색채성 넘치는 음으로 기쁨의 섬을 연주했다.

어느새 서윤과 혜진은 거장의 연주에 흠뻑 빠져들어 경청하고 있었다.

한 곡의 연주가 끝나자 클라이번은 건반 위에서 손을 내려놓았다.

「어떤가? 아직 들어줄 만한가?」

서윤과 혜진은 대답 대신 박수를 쳤다.

클라이번은 빙그레 미소를 지었다. 그리고는 일어나 옆으로 비켜서며 서윤에게 시선을 주었다.

서윤이 그 눈짓에 담긴 뜻을 모를 리 없었다.

그는 천천히 의자에 앉았다. 그리고 가볍게 숨을 골랐다.

무엇을 칠까?

잠시 생각하던 서윤은 이윽고 손을 움직였다.

「드뷔시의 달빛이로군.」

자신과 마찬가지로 드뷔시의 곡을 선택했음에 클라이번은 흥미로운 표정을 지었다.

모호한 듯 미묘한 화성이 빚어내는 낯선 색채감, 정처 없이 부유하는 선율 라인.

서윤이 주는 느낌은 인상주의 회화와 상징주의 시인들로 부터 많은 영향을 받은 드뷔시의 피아노 그 자체 같았다.

클라이번의 입가가 자연스럽게 호선을 그렸다.

이 피아니스트는 단언컨대 천재다.

더욱 놀라운 사실은 서윤이 이제 22살이라는 점이다.

클라이번도 어려서부터 그 재능을 인정받았고, 23세의 나이로 차이코프스키 콩쿠르에서 1위를 했었다.

그 역시 천재 소리를 들어왔던 피아니스트. 하지만······.

완벽한 테크닉, 나무랄 데 없는 표현력과 곡 해석력. 감성은 과하지도, 또한 모자라지도 않다.

화려한 테크닉으로 듣는 이를 압도하나, 때에 따라서는 피아노라는 악기가 지닌 본래의 광채나 화려함을 억제하며 섬세한 터치로 풍부한 음색을 창조해 내고 있었다.

머리는 차갑고, 가슴은 뜨겁다.

매우 냉철하고 이성적인 듯 보이지만, 이 놀라운 젊은이는 이성과 감성을 적절하게 컨트롤하며 피아노를 가지고 놀고 있었다.

'대단하다.'

솔직히 감탄스러웠다.

그야말로 하늘이 내린 재능.

'초대하기를 잘했어.'

클라이번은 고개를 끄덕였다.

그렇게 서윤의 연주가 끝났다. 그러자 클라이번은 마치 락스타를 본 소녀 팬처럼 환호하며 박수를 쳤다.

「정말 잘 들었네. 마치 드뷔시가 환생한 듯한 연주였어.」

「감사합니다.」

「자자, 자리를 옮기지. 오늘은 정말로 즐거운 날일세.」

클라이번은 서윤을 이끌었다.

아무래도 오늘은 밤늦게까지 대화가 이어질 듯 보였다.

그렇게 서윤은 밴 클라이번과 일주일 정도 시간을 같이 보냈다.

눈을 뜨면 클라이번과 같이 식사를 하고, 담소를 나누며, 서로 연주를 주고받았다.

거장이 풀어내는 경험담은 그것만으로도 서윤에게 크나큰 조언이었으며 가르침이었다.

기술적인 부분이 중요한 것이 아니었다.

클라이번이 보기에 이미 그 부분에 있어 서윤은 완성되어 있었다.

중요한 것은 피아니스트로서, 그리고 클래식 음악가로서의 자세와 마음가짐이었다. 그리고 경험과 연륜이다.

경험과 연륜은 나이가 들수록 자연스레 쌓이는 것이기에 어떻게 해줄 수 있는 것이 아니다.

클라이번과의 일주일이 서윤에게만 도움이 된 것은 아니었다.

도움이 된 것은 혜진 역시 마찬가지.

서윤을 가르치며 느꼈던 감정과, 힘들었던 점을 털어놓았고, 클라이번은 자신이 경험했던 것에 입각해 성실히 대답해 주었다.

게다가 클라이번은 텍사스 주에 위치한 음대의 기악과 교수들과 혜진의 만남을 주선해 주었다.

그들과의 만남을 통해 혜진 역시 부족했던 부분을 조금씩 채워 나갈 수 있었다.

결과적으로 서윤에게도, 또한 혜진에게도 클라이번과의 일주일은 무척이나 유익한 기간이었던 셈이다.

하지만 만남 뒤에는 이별이 찾아오는 법.

클라이번은 서윤을 바라보며 빙그레 미소를 짓고 있었다.

「일주일 동안 늙은이와 어울려 주느라 고생이 많았네.」

「아닙니다. 너무도 즐거운 시간이었습니다.」

서윤의 말에 클라이번은 가볍게 손을 내밀었다. 두 사람은 손을 마주잡았다.

「막상 헤어지려니 너무도 아쉽네.」

일주일이라는 짧은 시간이었지만, 클라이번에게는 너무도 즐거운 시간이었다.

서윤과의 헤어짐이 아쉬울 수밖에 없었다.

「앞으로 종종 미국을 오고 갈 것 같습니다. 한 번씩 찾아뵙겠습니다.」

서윤의 말에 클라이번은 미소를 지으며 고개를 끄덕였다.

그렇게 거장과 젊은 천재 피아니스트는 일주일간의 짧은 만남은 끝이 났다.

「죄송하지만 사인 한 장 부탁드립니다.」

「…….」

물론 현희의 부탁도 잊지는 않았다.

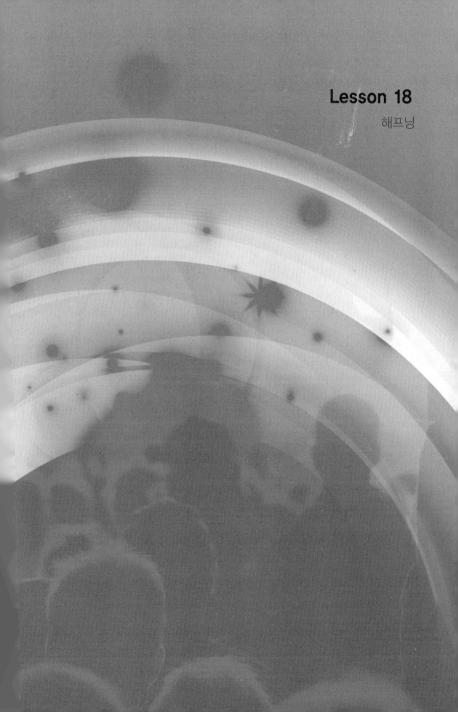

# Lesson 18

해프닝

"와아! 말린 망고다!"

"내, 내 거야!"

말린 망고가 가득 든 포장 용기를 왼손에 움켜쥐고 아영이 연습실을 내달린다.

그 뒤를 미국 출신 황음정 양이 눈가에 눈물이 그렁그렁 맺힌 채 뒤쫓고 있다.

한 달 정도의 미국 일정을 끝낸 서윤은 한국으로 돌아왔다.

들어오기 전날, 서윤은 투덜거리며 미국의 대형마트에 들렀다.

그래도 동생들이라고, 떠나기 전 아이들이 말했던 말린 망고가 떠오른 탓이었다.

그렇다고 망고만 사기도 그래서 미국 과자나 초콜릿도 좀 사서 바리바리 싸왔다.

가족들과 회사 직원들, 그리고 이만호 대표에게는 작지만 예쁜 열쇠고리를 선물로 건넸다.

아이들에게는 연습실을 돌며 과자를 건넸다.

솔직히 건넸다는 표현보다는…….

벌컥.

"옜다. 알아서 나눠 먹어라."

휘릭!

우리 안 동물에게 과자 주는 관람객처럼 투척했다는 게 맞으리라.

문제는 여자아이들이었다.

달달한 미제(?) 초콜릿이 허공으로 던져지는 순간 몸을 날리는 모습이라니.

역시나 여자애들은 단것에 약한 것일까? 본능적으로 허공을 수놓은 과자를 무시하고 초콜릿으로 손이 뻗어졌다.

"내 거야!"

"이리 내놔!"

뭐랄까, 초식동물을 사냥하는 맹수 같았다.

그렇게 먹이(?)를 투척한 뒤 서윤은 식충이 패거리를 불러 모아놓고 등에 멘 백팩을 열었다.

안에는 애들 숫자에 맞춰 말린 망고와 초콜릿이 자리하고 있었다.

"오오오!"

'MADE IN USA' 라니 뭔가 있어 보였던 것일까? 아이들이 탄성을 흘렸다.

"줄서라, 줄서."

서윤은 마치 배급이라도 하는 것처럼 아이들에게 망고와 초콜릿을 나눠주었다.

그중 식탐이 강한 아영과 수아는 얼른 말린 망고가 든 봉지를 뜯어 맛보기 시작했다.

"맛있다!"

"우왕~"

두 사람의 입에서 맛있다는 탄성이 터져 나왔다.

무척이나 마음에 들었는지 두 사람은 20여 분 만에 1kg짜리 말린 망고 한 봉지를 비워 버렸다.

"어떻게 해? 내 몫 다 먹었어."

아영은 이미 비어버린 봉지를 들여다본다. 하지만 그것도 잠시, 수아에게 시선을 주며 눈을 빛냈다.

"언니 반떵."

"뭐? 왜? 절대 싫어."

"언니 내 거 먹었잖아요."

"……."

아영의 말에 수아는 입을 꾹 다물었다. 그러면서 망고를 가슴에 꼭 안았다.

절대 안 된다는 무언의 뜻이었다.

그 모습에 아영이 울먹이며 수아에게 엉겨 붙었지만 오호, 통재라.

음식이 관계되면 초인적인 힘을 발휘하는 수아였기에 결국 실패하고 말았다.

나라라도 잃은 것처럼 망연한 표정으로 자리에 주저앉아 있던 아영의 눈에 룰루랄라 웃으며 지나치는 음정이 보인 것은 우연이었다.

더욱 정확히 말하자면 그녀의 손에 들린 말린 망고 봉지였다.

아영의 눈에 장난스런 기색이 서렸다.

그녀는 도둑고양이마냥 살금살금 음정의 뒤로 접근하더니 그녀의 손에 들려 있던 망고 봉지를 낚아챘다.

"아앗! 망고!"

"언니, 나 반띵해 줘요."

"No!"

음정이 단호하게 말했다.

간만에 느끼는 고향의 맛이었다.

아니, 그것보다 한국어가 서툰데 반띵이란 말은 어떻게 알아들은 것일까?

문제는 아영이 망고 봉지를 들고 튀었다는 데 있다.

"내, 내 거야!"

부정확한 발음으로 자신의 것이라 외치며 쫓았지만 스피드, 힘에서 음정은 아영의 상대가 되지 못했다.

5분여 정도 연습실을 뺑뺑 돌다가 힘에 부쳤는지 아영이 제자리에 멈춰 섰다.

하지만 망고에 대한 열망은 여전했는지 그 자리에서 발을 동동 구르고 있었다.

"우헤헤, 그러니까 반띵해 준다고… 아코!

아영은 실실 웃으며 말하다가 어딘가에 부딪치고 바닥에 주저앉았다.

아영이 이마를 손으로 매만지며 고개를 들었을 때 그녀의 시선에 비춰진 것은 한심하다는 표정을 짓고 있는 서윤의 모습이었다.

"아주 가관이다, 가관이야."

"이게 다 오빠가 머리당 1개씩만 사와서 벌어진 일이야."

얼씨구? 도리어 적반하장이다.

서윤은 고개를 절레절레 저으며 손을 뻗어 아영의 머리통을 붙잡고 들어 올렸다.

"히익!"

"오 마이 갓!"

그와 동시에 연지가 공포에 질린 신음성을 흘리고, 음정은 신을 찾았다.

여자아이의 머리통을 붙잡고 들어 올릴 줄이야!

서윤의 흉폭함은 오산고 17대1의 영상과, 연습실을 뛰쳐나오던 재혁을 끌고 들어갔을 때 확인했지만 설마 여자애한테도 손을 댈 줄은 몰랐다.

문제는…….

"내려놓지?"

머리통을 쥐어 잡힌 채 허공에 매달렸음에도 아무렇지 않다는 듯 서윤과 대화를 나누는 아영의 모습이었다.

게다가 다른 아이들 역시 평소에 일상처럼 전혀 신경 쓰지 않는다.

연지와 음정은 패닉에 빠졌다.

"왜? 현희는 모가지 길어지고 싶어서 들어 올려달라고 했는데 너는 고마워해야 하는 거 아니냐? 아, 쟤 망고 숨긴다."

화끈.

뜬금없는 서윤의 폭로에 말린 망고를 자신의 책가방 깊숙이 숨기던 현희의 얼굴이 살짝 붉어졌다.

음정이 당하는 꼴을 보고 자신도 빼앗길까 싶어 숨기다가 이게 웬 날벼락인가?

"난 충분히 기니까 상관없잖아."

음정의 말에 음정과 수련은 조용히 자신의 목 길이를 가늠해 보았다.

왠지 눈가가 빛나는 것이 무언가 결심한 느낌이다.

뭐, 그건 그렇다치고 서윤은 자유로운 왼손을 들어 아영의 손아귀에 들려 있던 망고 봉지를 빼앗았다.

"아앗!"

아영이 새된 비명을 지르며 절망적인 표정을 지어 보였지만, 서윤에게 통할 리 없었다.

"나누려면 수아랑 알아서 해. 왜 애꿎은 꼬맹이 거를 빼앗아?"

그리고는 음정에게 망고 봉지를 살짝 흔들어 보였다. 가지고 가라는 무언의 뜻이었다.

하지만 작금의 상황에 영 적응이 되지 않는 음정은 주춤거리고 있었다.

여자아이의 머리통을 쥐고 공중에 들어 올리는 서윤도 그렇지만, 그런 상태에서 아무렇지도 않다는 표정으로 대화를 주고받는 아영도 정상이 아닌 것처럼 느껴졌다.

「뭐해? 안 가져가?」

"우우."

「안 가져가면 아영이 준다?」

서윤의 말에 음정은 침을 꼴깍 삼키며 주춤주춤 다가섰다. 그리고는…….

"이건 뭐야?"

서윤은 멍한 표정을 지었다.

음정이 서윤과 2미터 거리에 멈춰 서서 낑낑거리며 손을 뻗고 있었기 때문이다.

물론 닿을 리 없었다. 그녀의 애처로운 손은 허공에서 허우적거리고 있을 따름이었다.

이미 세상에서 제일 무서운 오빠라는 이미지가 박힌 음정은 좀처럼 다가설 수 없었다.

자신 역시 아영이처럼 머리통이 붙잡힌다면…….

'목이 부러질 거야.'

상체를 서윤 쪽으로 최대한 기울이고 팔을 뻗어 망고 봉지를 가져가려는 음정의 모습은 안쓰러우면서도 우스꽝스러웠다.

"이걸 어떻게 받아들여야 할까?"

서윤은 어이가 없다는 듯 중얼거리다가 음정 쪽으로 한 걸음 다가섰다.

주춤.

그러자 음정이 두 걸음 물러선다.

웃긴 것은 그러면서도 망고 봉지를 향해 뻗어 있는 손은 절대로 내리지 않는다.

"이거 웃긴 녀석일세?"

다시 한 걸음을 옮기자 역시나 두 걸음 물러선다. 그렇게 몇 차례가 반복되었다.

그리고 결국.

툭.

음정의 등에 연습실 벽이 닿았다.

"우우."

그와 동시에 음정의 눈가가 거세게 흔들리기 시작했다.

예의가 아닌 것은 아는데 너무 무섭다. 음정은 이러지도 저러지도 못한 채 불안한 표정을 지었다.

"푸하하, 이거 은근히 재밌네."

서윤은 피식 웃었다. 그러면서도 한편으로 그만 놀려 먹어야 겠다라는 생각에 망고 봉지를 내려놓았다.

참고로 그 와중에도 아영은 서윤에게 붙잡혀 허공에 매달려 있었음을 알아두자.

"옛다, 가져가라."

그렇게 말한 서윤은 몸을 돌렸다. 그와 동시에.

후다닥! 부스럭.

우당탕탕 소리와 함께 비닐 재질의 무언가를 줍는 소리가
들린다.

"죄, 죄송합니다."

이내 음정이 서윤에게 사과의 뜻을 전해왔다.

선물까지 챙겨줬는데, 아무리 무섭다고 해도 예의가 아닌
듯하여 재빨리 사과한 것이다.

하지만 서윤의 흥미를 끈 것은 달랐다.

"올, 죄송합니다란 말은 발음이 아주 좋네."

아직 발음이 서툰데 '죄송합니다' 란 말은 아주 유창했다.
완전 네이티브였다.

"좋을 수밖에, 매일 달고 사는 말인데."

어느새 왔는지 수아가 덧붙였다.

아무래도 문화가 다르고, 연습생 생활을 시작한 지 얼마 되
지 않아 혼날 일이 많을 터.

연습 시간 동안 음정이 말하는 한국말의 70%는 '죄송합니
다' 일 것이다.

적어도 '죄송합니다' 란 말의 발음만큼은 마스터한 황음정
양 되시겠다.

"푸하하, 그러냐?"

서윤은 웃어 보이다가 돌연 손뼉을 탁 하고 치더니 현희에

게 손짓을 했다.

"네?"

"이리 와봐. 부탁한 거 주마."

"부탁? 아!"

순간 현희가 눈을 동그랗게 뜨며 서윤에게 쪼르르 달려왔다.

그는 가방을 뒤적이더니 CD를 한 장 꺼내 건넸다.

"아아!"

그녀는 밴 클라이번의 CD를 받아 들었다. 이미 서윤의 말은 들어오지 않았다.

CD 케이스에는 클라이번의 사인과 더불어 정성스런 메시지가 적혀 있었다.

"천재 피아니스트의 첫 스승 서현희에게. 거참, 낯 뜨겁게 천재 피아니스트라니."

서윤이 해석해 준 뒤 투덜거렸다. 하지만 현희는 입이 귀에까지 걸린 상태.

세계적인 거장인 밴 클라이번의 사인 CD, 게다가 자신의 이름까지 적혀 있었다.

"정말 감격이에요."

그녀답지 않게 잔뜩 흥분해서 외친다. 그리고는 CD를 가슴에 꼭 껴안고 서윤을 바라보았다.

"정말 감사드립니다."

"내가 얼마나 쪽팔렸는지 아냐?"

"정말, 정말로 감사드려요."

"뭐, 좋아하니 됐다. 하지만 다음부터는 이런 것 시키지 마라. 앙?"

"네."

현희가 미소를 지으며 대답하자 서윤은 피식 웃으며 그녀의 머리를 한 차례 쓰다듬어 주고는 손을 들었다.

"이만 가본다. 열심히들 연습하고."

"안녕히 가세요."

서윤은 아이들의 인사를 받으며 연습실을 나섰다. 그리고 그와 동시에, 갑자기 몸에 오한이 들었다.

그래, 그것은 육감이 보내는 위기 신호였다.

"핫! 이 느낌은?"

두두두두!

복도 저편, 계단과 이어진 곳에서 무언가 맹렬히 뛰어 올라오는 소리가 들린다.

그래, 이 회사에서 자신에게 이러한 느낌을 주는 단 한 사람이 있다.

"빌어먹을!"

서윤은 재빨리 몸을 돌려 다시금 아이들이 있는 연습실 문고리를 잡았다.

문을 반쯤 열었을 때였다.

"혀어어엉니이이임~"

마치 배트맨에 나오는 조커처럼 안면 가득 미소를 머금은 채 자신을 향해 몸을 날려 오는 185센티미터 사내자식. 바로 무적창현 군이었다.

텁!

"쿠악!"

서윤이 손을 뻗어 녀석의 머리통을 붙잡은 것은 반사적이었다.

"와다다다! 아파, 아파요!"

"아주 그냥 죽어!"

그날 무적이란 칭호를 가진 심창현 군은 여자 연습실 복도에서 개처럼 맞았다.

그리고……

"죽어, 그냥! 이 게이 새꺄!"

퍽퍽퍽!

"아악!"

오들오들!

반쯤 문이 열린 틈 사이로 들려오는 격한 외침.

음정과 연지는 서로 꼭 껴안은 채 떨고 있었다. 하지만 다른 아이들은 일상인 것처럼 문 쪽으로 다가가 창현이 얻어맞고 있는 꼬라지를 구경하고 있었다.

"저 오빠도 어떤 의미로 대단해."

"매번 저러니."

아이들이 한마디씩 한다. 그에 반해.

「무서워. 무서워, 연지야.」

"버티자. 지금의 시련을 이겨내고 꼭 가수가 되는 거야."

연지와 음정은 아주 생쇼를 하고 있었다.

"우왁! 형, 그만해요. 애 죽어요."

뒤이어 따라 올라온 해동진기의 현 리더 정윤수 군은 떡이 되어버린 창현을 발견하고는 서윤을 뜯어 말렸다.

그렇게 약간의 소란이 흐르고 상황이 정리된 뒤 세 사람은 자리를 옮겼다.

다름 아닌 서윤의 연습실이었다.

"회사에 올 때마다 형님 연습실 비어 있으면 꼭 청소도 해 놓습니다."

칭찬해 달라는 듯 창현이 가슴을 쭉 내밀며 말한다.

"회사에서 고용한 청소 업체에서 하는 거 아냐?"

"청소 업체는 제가 하는 것처럼 정성이 들어 있지 않아요!"

"애 좀 어떻게 해봐."

서윤의 말에 윤수는 한숨을 내쉬며 고개를 절레절레 저었다.

"받아들이세요."

"죽을래?"

"죽고 싶지는 않고요."

윤수가 대번에 손을 내저었다.

서윤은 마땅치 않다는 듯 두 사람을 바라보다가 입을 열었다.

"그건 그렇고 콘서트는 잘했냐?"

"네."

윤수는 고개를 끄덕였다.

데뷔 이래 곧바로 폭발적 인기를 끈 해동진기는 올해 초 첫 단독 콘서트를 개최했다.

결과는 대성공.

4일 동안 전석 매진을 기록했다.

"가봐야 했는데."

"바쁘셨잖아요. 괜찮아요."

"일단 아시아 투어 형식이지?"

"네."

"또 어디서 하는데?"

"말레이시아랑, 태국이요."

"3개국이 다냐?"

서윤의 물음에 윤수는 멋쩍은 듯 머리를 긁적였다.

"뭐, 처음에는 그렇게 시작하는 법이지."

"감사합니다."

"그것보다 일본 생활은?"

현재 해동진기는 일본에서 역시 활동을 하고 있었다.

최고의 인기를 누리고 있는 한국과는 다르게 아직 일본에서는 신인이나 마찬가지.

"힘들죠."

"나머지 3명은?"

재현, 무천, 준호를 일컫는 물음에 윤수는 가볍게 한숨을 내쉬었다.

"뭐, 힘들어하죠. 특히 한국에서는 엄청난 인기를 끌고 있는데 다음 날 일본에 가서는 생짜 신인으로 활동을 하니, 그 괴리감에 더 그래요. 짜증내고 싸울 때도 있고요."

"네가 리더니까. 잘 다독여라."

"아무래도 또래끼리 모여 있다 보니 힘들어요. 재현이랑은 동갑이기도 하고."

마치 '형이 있었다면 이렇게 힘들지 않았을 텐데'라고 하는 것 같았다.

"아. 그건 그렇고, 보셨어요?"

"응?"

"형 해동진기 원래 리더였다는 거 기사로 뜬 거."

"뭐?"

순간 서윤은 고개를 갸웃거렸다. 갑자기 그게 무슨 소리인가?

"회사에서 언론에 보도 자료를 뿌리지는 않은 것 같아요."

"흐음?"

서윤 역시 이 바닥에서 연습생 생활을 해봤기에 회사에서 보도 자료를 돌리는 것 정도는 안다.

어찌 되었건 소속된 이들을 위해 최선을 다하는 것이니까.

하지만 지금 윤수는 회사에서 뿌린 게 아니라고 말하고 있다.

"그러면?"

"아마도 저희 연습생 팬 카페나 연예 커뮤니티 등에서 나돌던 이야기를 연예부 기자들이 보게 된 것 아닐까요?"

국내 최고의 아이돌 기획사인 MH 엔터테인먼트는 사생이 많다.

심지어는 데뷔하지 않은 연습생들조차 사생이나 팬클럽이 있을 정도.

서윤 역시 그랬다. 지금은 '아름다운 피아니스트 김서윤의 보금자리'이지만 원래는 MH 연습생 김서윤 팬 카페였다.

그러다 보니 연습생에 관한 신상이 돌기도 하는데, 서윤의 경우에는 소위 말하는 MH 엔터테인먼트 연습생 중 에이스만 뽑아 결성했다는 해동진기의 원래 리더.

생각했던 것보다 말이 꽤 돌았을 것이다.

"아무래도 아이돌 연습생, 그것도 현재 인기 아이돌 그룹의 원래 리더 출신 피아니스트라는 이력은 언론에서도 좋아할 만한 소재죠."

"흐음……."

서윤은 침음성을 흘렸다. 하지만 그것도 잠시.

"뭐, 상관없겠지."

"이제 교양국이 아니라 연예부 기자들도 인터뷰를 요청해 올 텐데 괜찮아요?"

윤수의 물음에 서윤은 제법 쿨한 어조로 말을 이었다.

"없었던 사실도 아니고. 상관없잖아? 내 출신은."

"그렇다면 다행이지만."

연예부 기자들에 관해 아는 윤수가 걱정스런 표정을 지었다.

그리고 윤수의 걱정은 곧 현실로 다가왔다.

―해동진기의 리더 출신 피아니스트 김서윤.

―해동진기의 리더였던 그는 도대체 왜?

―결성 초기 팀 내 불화가 원인?

―리더 자리를 박차고 나온 피아니스트.


자극적인 제목.

내용 자체는 별것 없건만 제목만은 아주 다채롭기 그지없
다.

"얼씨구?"

타이틀 뽑는 솜씨는 아주 기가 막히다.

'뭐, 됐어.'

하지만 서윤은 이내 별것 아니라는 표정을 지었다.

그게 어떠한 방향으로 대중에게 받아들여지던 간에 말이
다.

서윤은 그다지 신경 쓰지 않는 반응을 보인 것에 반해, 엉
뚱하게도 다른 곳에서 정반대의 상황이 펼쳐지고 있었다.

"댓글 다는 분들 너무한 것 아니에요?"

현희는 인터넷의 댓글을 바라보다가 분하다는 듯 말했다.


―뻔하지. 해동진기 오빠들이 인지도가 높으니까 거기에 묻어가려
는 전형적인 수작이지.

—김서윤은 누구? 기사 보기 전까지 들어보지도 못했는데.

　—이 무식한 것들아. 김서윤은 현재 클래식계에서 가장 핫한 천재 피아니스트다. 어디서 딴따라 나부랭이랑 엮어?

　—말 다했나요? 우리 오빠들이 딴따라라뇨? 굉장히 불쾌하네요.

　—김서윤은 연습생 시절 때 이미 실력이 프로가수 수준이라고 넘었다고 들었어요. 김서윤이 해동진기로 데뷔했으면 동양준호는 서브 보컬일걸요?

　—너 말 다했냐? 우리 동양준호 오빠는 음색이 넘사벽이라고! 김서윤인지 뭔지 노래도 춤도 안 되서 그만둔 게 뻔하잖아.


　어디에나 있는, 소위 말하는 악플러들이 진흙탕 싸움을 벌이고 있는 모습에 현희가 분개하고 있다.

　"잘 알지도 못하면서."

　"아서라. 네가 여기서 발을 동동 굴러봤자 바뀌는 것은 없어."

　유라가 평소답지 않게 언니 행세를 하며 현희를 달랬다.

　"그래도."

　"넌 평소에는 그렇게 차분한 애가 오라방 일에는 왜 그렇게 열정적이니?"

　"언니는 기분 안 나빠요?"

　"좋지는 않지. 그래도 우리가 뭘 할 수 있겠니?"

유라의 말에 현희는 고개를 떨궜다.

하지만 문제는 그 뒤였다.

"오산고 17대1."

연습을 끝내고 집에 들어온 현희는 컴퓨터를 하다가 눈을 동그랗게 떴다.

서윤에 대한 기사가 뜨고 얼마 지나지 않아 포털 사이트 실시간 검색어에 오산고 17대1이 떴다.

소위 말해 네티즌들의 신상 털기가 시작된 것이다.

그리고 곧 오산고 17대1 뒤에 피아니스트 김서윤의 이름이 붙었다.

연예부 기자들이 이런 좋은 먹잇감을 놓칠 리가 없었다.

결국 서윤에 관한 기사가 뜨기 시작했다.

당연히 그것을 MH 엔터테인먼트가 보지 못했을 리 없다.

"어떻게 할까?"

이만호는 회의실에 임원진과 담당 부서 사람들을 모아놓고 물었다.

그는 아침에 출근하자마자 회의를 소집했다.

"솔직히 저희 역시 조금 당황스러웠던 것이 사실입니다. 하지만 모니터를 해본 결과 약간은 방향이 다른 듯합니다."

"어떤?"

"개과천선했다는 겁니다. 게다가 대단하다고요."

"음?"

이만호가 고개를 갸웃거렸다. 계속 말해보라는 뜻이었다.

"예를 들어 현역 아이돌에게 이런 과거가 밝혀졌다면 여론의 뭇매는 물론, 네티즌들의 비난에 직면했을 겁니다. 하지만 서윤 군은 좀 다릅니다."

"그렇지, 서윤이는 연예인이 아니니까."

"맞습니다. 서윤 군은 예술인입니다. 그리고."

담당 부서장은 말을 이었다.

"서윤 군의 현재 학벌도 중요합니다. 최고 명문대에 재학, 게다가 장학생. 또한 세계적으로 명성을 얻고 있는 피아니스트로서의 위치."

만호는 고개를 끄덕였다.

"우리나라 사람들은 이런 것에 약합니다."

확실히 그렇다.

"그리고……."

"그리고?"

"동영상도 한몫했습니다."

"응?"

"일단 한번 보시죠."

부서장은 노트북을 켜고 영상을 틀었다.

그와 동시에 회의실 천장에 달려 있는 프로젝터를 통해 동영상이 재생되었다.

약간은 조약한 화질, 하지만 싸움 구도는 제대로 나오고 있었다.

"저게 서윤이겠군?"

이만호는 딱 보고 알아차렸다.

다른 아이들에 비해 훤칠한 키와 길쭉길쭉한 신체 비율. 화질이 좋지는 않았지만 한눈에 알아차릴 만했다.

뒤이어 이어진 동영상.

"완전 무협영화인데?"

만호는 자신도 모르게 중얼거렸다.

7분여의 동영상이 끝나고 회의실 안에는 적막감이 흘렀다.

다른 것보다 공통의 생각은 이거였다.

'저거 사람 맞아?'

사람이 1대17로 싸운다?

그것도 전후좌우가 뻥 뚫린 운동장에서?

상대는 파이프니 각목이니 온갖 무기를 들고 있었다. 그것을 주먹만으로 모조리 때려눕힌다는 게 말이 되나?

그때 부서장이 말문을 열었다.

"여기서 중요한 점은 서윤 군이 17명 중 하나가 아닌 1이었다는 겁니다. 또한 쇠파이프나 각목, 체인 등으로 무장한 상대편과는 달랐죠."

"오로지 주먹이었다?"

"그렇습니다. 이걸로 구도는 명확해집니다. 다수가 일인을 공격했다. 그것도 맨손인 상대에게 흉기를 들고."

"어떻게 보도 자료를 돌려야 할지 감이 잡히는구만."

만호의 말에 부서장은 고개를 내저었다.

"서윤 군과 이야기를 나눠보고, 저희도 학창 시절 때 서윤 군의 평판을 따로 조사해 보겠습니다. 철저하게 대비해서 자료를 만들어놓도록 하겠습니다. 대응은 그 뒤입니다."

"음⋯⋯."

"혹시 여론이 안 좋은 방향으로 흐른다면 회사 차원에서 전면적으로, 지금의 조심스런 상태가 이어진다면 저희 쪽에서는 악화되지 않도록 방향만 잡는 식으로 가도 될 것 같습니다."

"그렇군."

만호는 고개를 끄덕이는 것으로 그날의 회의는 끝났다.

사무실로 돌아온 만호는 곧바로 수화기를 들었다.

─여보세요?

"여사님, 이만호입니다."

─네, 안녕하세요.

만호가 통화를 하고 있는 사람은 다름 아닌 서윤의 모친이자 MH 엔터테인먼트의 주주이기도 한 이정민 여사였다.

"잘 지내셨습니까?"

―저야 잘 지내고 있죠. 대표님도 잘 지내고 계시죠?

"네, 그럼요. 오늘 전화 드린 이유는 다름이 아니라……."

만호는 최대한 차분히 서윤의 일에 대해 설명을 해주었다. 회사의 방침 역시 설명했고 말이다.

―네, 좋은 방향으로 잘되도록 노력해 주세요.

"그렇게 말씀해 주시니 저도 마음이 놓입니다. 언제 한번 나오시죠. 식사라도 대접해 드리고 싶습니다."

―곧 약속 잡도록 하죠. 전화해 주셔서 감사합니다.

"네, 들어가십시오."

만호는 조심히 수화기를 내려놓았다. 그리고는 소파에 깊숙이 몸을 묻으며 긴 한숨을 토해냈다.

"한시름 놓았다."

솔직히 말하면 만호 입장에서 이정민 여사와의 통화가 최대의 고비였다.

다행히 잘 넘긴 듯 보였다.

그렇게 며칠이 지났다.

다행히 네티즌들의 반응이나 여론은 악화되지 않았다.

부서장의 예상대로 된 것이다.

완전 꼴통이었던 문제아가 마음잡고 공부를 시작해 2년 만에 국내 최고 명문대에 장학금까지 받고 입학했다는 사실, 그리고 피아노를 잡은 지 1년 만에 국내 콩쿠르에서 우승하고, 그 뒤에는 롱 티보 콩쿠르 전 부문을 석권했다.

더욱이 인터넷 사이트 등지에 서윤과 같이 학교를 다녔다는 이들의 증언 글이 올라오기도 했다.

서윤이 비록 싸움은 하고 다녔지만 먼저 시비를 걸지 않았고, 소위 말해 애들한테 삥을 뜯지도 않았다는 증언이었다.

그러다 보니 여론이나 네티즌들의 반응 역시 긍정적인 방향으로 틀어졌다.

물론 회사에서도 서윤에 대한 긍정적인 이야기를 보도 자료로 조금씩 흘렸다.

하여튼 그렇게 서윤에 대한 사건은 해프닝으로 끝이 났다.

다만 서윤에게 별명이 하나 생기긴 했다.

60억 분의 1의 사나이.

"그런 별명을 가진 격투기 선수가 있지 않나?"

"아, 그렇죠. 그런데 네티즌들이 서윤 군에게 더 잘 어울리는 별명이라며 그렇게 부르더군요."

"하긴 17대1이니까."

뭐, 그랬다는 이야기다.

그렇게 MH 엔터테인먼트 전체를 긴장하게 만든 당사자인 서윤은.

"이 식충아! 그게 바이브레이션이냐? 염소 목 따는 소리
지?"

"아으아으아으!"

"얼씨구? 아주 고개 끄덕이느라 바쁘시네요?"

"이렇게 안 하면 바이브가 안 돼."

"나가 죽어!"

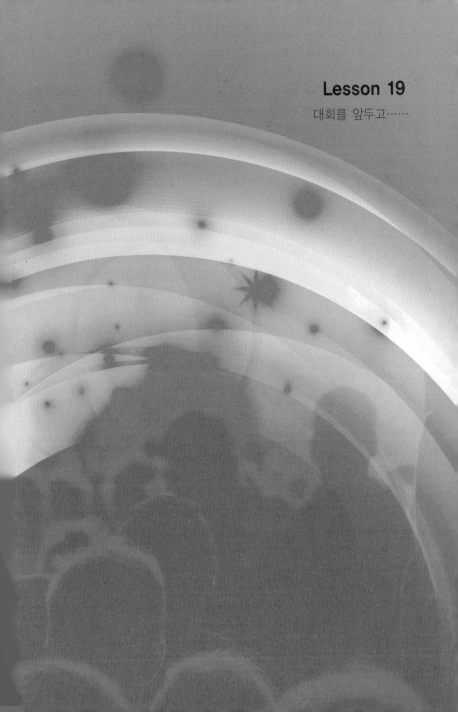

# Lesson 19

대회를 앞두고……

그 후로 시간은 흘렀다.

"이거야?"

서윤은 자신의 손 안에 들린 CD를 바라보고 있었다.

쇼팽 / 리스트.

그렇게 쓰여진 활자 밑으로 그랜드 피아노 앞에 앉아 있는 서윤의 사진이 멋들어지게 박혀 있다.

"신기하다."

현희는 서윤의 CD를 연신 들여다보며 신기하다는 감탄성을 흘리고 있었다.

"뭐가 신기하냐. 나올 게 나온 건데."

그에 반해 서윤은 심드렁하다는 표정이다.

"발매는 언제예요?"

"이틀 뒤."

서윤은 손에 들고 있던 CD를 옆자리에 내려놓으며 말했다. 현희는 빙긋 웃다 서윤에게 CD를 내밀었다.

"뭐냐?"

"사인해 주세요."

"사인은 무슨?"

"해주세요."

서윤은 어깨를 으쓱이면서도 CD에 씌워진 비닐을 벗겼다. 그러자 현희가 재빨리 네임펜을 쥐어주었다.

슥슥.

서윤은 CD 케이스를 열어 앨범 속지에 사인을 했다.

"연습하셨어요?"

"한 이틀?"

"말은 그렇게 해도 역시 하셨군요?"

현희의 말에 서윤의 손이 멈췄다.

그의 뇌리를 스치는 생각은 그거였다. '낚였다.'

"봐요. 오빠도 내심 기뻤잖아요."

"아, 내가 꼬맹이한테 말릴 줄이야."

서윤은 손바닥으로 얼굴을 덮으며 중얼거렸다. 하지만 어쩌겠는가? 서윤은 멈췄던 손을 다시 놀려 사인을 끝냈다.

그리고 잠시 고심하다가 사인 밑에 멘트를 써주었다.


이제 내 팔에 그만 앉아.


현희는 사인 CD를 받은 뒤 그 멘트를 발견하고 볼을 살짝 붉혔다.

그녀 역시 중학생이 된 자신이 서윤의 오른팔에 집착하는 것이 마음에 걸렸다. 하지만 그럼에도 불구하고.

"오빠, 나 놀이기구 태워줘."

"건방진 꼬맹이, 이젠 놀이기구 취급이냐?"

서윤이 외국물 꼬맹이 동생이라 부르는 수경의 칭얼거림을 보고 있자면.

"영차."

아직 초등학생인 수경을 서윤은 투덜거리면서도 선선히 팔에 안아 올렸다.

"음~! 역시 위쪽 공기가 신선해."

"넌 언제 계약하냐?"

"조만간."

서윤의 말에 수경이 헤헷 웃으며 대답했다.

앞서 말했다시피 수련과 수경은 같이 캐스팅되었다. 하지만 아직 어린 수경은 조금 더 클 때까지 계약을 보류했었다.

하지만 이 녀석 역시 수련에 이어 곧 계약을 할 것이다.

'이 녀석도 많이 컸네.'

처음 봤을 때는 아주 조그마했는데, 이제는 키도 크고 무게도 늘었다.

그런 상념에 빠져 있을 무렵 서윤에게 어둠의 오오라가 느껴졌다. 그래, 꽤나 익숙한 이 느낌은.

"하아."

서윤은 한숨을 내쉬었다.

어느새 쪼르르 달려온 현희가 자신을 올려다보며 양손을 펼치고 있었다.

지이잉~

현희는 자신도 태워달라는 무언의 압박을 가했다.

잠시간의 대치 후, 서윤은 몸을 숙이며 오른팔을 뻗었다.

그러자 현희는 익숙하게 그의 오른팔에 몸을 실고 소윤의 목에 팔을 둘렀다.

"중학생 때까지만이다."

서윤의 엄포.

하지만 현희는 대답하지 않았다.

아, 그 뒤의 소소한 에피소드를 이야기하자면.

"이럴 수가! 첫 사인 CD를 빼앗겼어!"

"하아… 이제 제발……."

첫 사인 CD를 연습생 나부랭이(?)한테 빼앗겼음을 알고 길길이 날뛰는 창현. 그리고 이제는 체념했다는 표정으로 한숨을 흘리고 있는 윤수의 모습이랄까?

*      *      *

2005년도 어느덧 8월에 접어들었다.

이번 15회 쇼팽콩쿠르는 다음 달부터 시작된다.

본래 쇼팽의 기일인 10월 17일 전후 3주에 걸쳐 치러지는데 올해는 9월 23일에 시작된다.

예선과 본선 1, 2라운드, 결선까지 한 달에 걸친 대장정이다.

"다음 달인가?"

서윤은 나지막이 중얼거렸다.

이렇게 보면 참 시간이 빠르기는 하다.

그동안 서윤은 연주회를 최대로 줄이고 연습에 매진했다.

중요한 것은 쇼팽 콩쿠르이기 때문이다.

"복학 신청도 했고."

작년 1학기만 끝내고 롱 티보 콩쿠르 때문에 2학기 때 휴학을 했었다. 본래대로라면 이번 학기에 복학을 해야 한다.

본래는 이번에도 휴학을 하려 했지만 학교에서 쇼팽 콩쿠르 출전 기간 동안 출석을 인정해 주기로 했다.

편의를 봐준 것이다.

비록 서윤이 작곡과이기는 하지만 엄연히 음대 소속이다.

혹시 쇼팽 콩쿠르에서 입상이라도 한다면 학교 전체의 경사이기도 한 것이다.

"그것보다 이번에 참가 인원이 333명이라고요?"

서윤의 물음에 혜진은 고개를 끄덕였다.

"응. 지금까지 해오던 대로 하면 돼."

"뭐, 그렇죠. 그런데 이번에 김인석, 김인혁 형제도 참가하죠?"

"두 사람뿐만 아니라 열 명가량이 참가할 거야. 내가 듣기로는 절반 이상이 아시아 사람이라던데?"

"하, 그래요?"

"게다가 이번에는 한국인 최초로 심사위원장에 한예종 교수가 선정되었대."

"그렇군요. 확실히 이제 유럽 클래식계도 아시아 쪽을 주목할 수밖에 없겠네요."

서윤의 말에 혜진은 고개를 끄덕였다.

"출국은 언제로 잡으셨어요?"

"9월 10일."

"한 달 정도 남았네요."

서윤은 남은 날짜를 가늠하고는 중얼거렸다.

"자자. 잡담은 그만하고 연습하자, 연습."

"에휴."

서윤은 한숨을 내쉬며 다시금 건반을 두들기기 시작했다.

그렇게 피아노 연습에 매진하며 8월 말에 이르렀을 무렵이었다.

서윤은 뜻밖의 연락을 받았다.

다름이 아니라 이번에 쇼팽 콩쿠르에 참가할 김인석, 김인혁 형제가 만남을 청해온 것이다.

무슨 일인가 싶기는 했지만 일단 만나지 않기도 뭐해서 약속을 잡았다.

만나는 날은 9월 1일.

출국을 9일 앞둔 날이었다.

서윤이 김씨 형제를 만나기로 한 곳은 강남역에 위치한 카페.

약속 시간보다 10분 일찍 도착한 서윤은 자리를 잡고 앉아 커피를 한 잔 시켰다.

"혹시 피아니스트 김서윤 씨 아니세요?"

"네, 그렇습니다."

옆에서 커피를 주문하던 여자들이 물어왔다. 그렇다고 이야기하자 돌연 얼굴이 붉게 상기되더니 서윤에게 사인을 요청해 왔다.

'이건 좀 피곤하구만.'

서윤은 사인을 해주면서도 내심 생각했다.

원체 튀는 외모인 데다가, 본의 아니게 해동진기의 원 리더 출신이라는 기사와 17대1 싸움 동영상까지.

그 이후 이렇듯 알아보는 사람이 생겼다.

서윤은 매너 좋게 사인을 해주고는 2층 창가에 자리를 잡았다.

그렇게 5분 정도 지났을 무렵 김인혁이 계단을 통해 올라왔다.

서윤과 김인혁은 곧바로 서로를 알아봤다.

"안녕하십니까. 김서윤입니다."

"만나서 반갑습니다. 김인혁입니다."

"그런데 한 분은……?"

"형은 갑자기 일이 생겨서 부득이하게 혼자 나왔습니다. 죄송하다고 전해 달라 했습니다."

"아, 그러시군요. 일단 앉으시죠. 음료는 뭘로 하시겠습니까?"

"시켜놨습니다. 신경 쓰지 않으셔도 돼요."

"네."

"그것보다 갑자기 만나자고 연락드려서 놀라셨죠?"

김인혁의 말에 서윤은 고개를 저었다.

"아닙니다. 한번 만나 뵙고 싶었어요."

"그럼 다행이네요."

김인혁은 미소를 지었다. 이윽고 주문했던 음료가 나오고 두 사람은 본격적으로 이야기를 시작했다.

"이번에 같이 나가게 될 텐데, 요즘 핫한 분이라 한번 만나 보고 싶었어요."

"그러셨군요."

"얼마 뒤면 경쟁자가 되겠지만 일단은 그런 것 생각하지 말기로 하죠."

"네. 그것보다 연습은 많이 하셨나요?"

"특별히 많이 하거나 그런 것은 없어요. 매일 하던 대로 해 오는 거죠."

김인혁의 말에 서윤은 미소를 지었다.

그렇게 잠시 담소를 나누던 서윤은 김인혁이 자신보다 한 살 위임을 알게 되었다.

"말 편히 놓으십시오."

"그럼 그럴까요?"

"폴란드에 가서도 자주 볼 텐데요."

"그럼 그냥 형이라고 불러. 굳이 존대할 필요 없어. 물론 우리 형한테는 좀 그렇지만."

참고로 김인석은 김인혁보다 4살 위다.

"알겠어."

서윤 역시 말을 놓자 김인혁은 빙긋 미소를 지었다.

"그것보다 네 앨범 들어봤다."

"어, 정말?"

"응. 아주 좋더라."

"좋게 들어줘서 고마워."

"아니, 예의상 하는 말이 아니라 정말 좋았어. 게다가 클래식 앨범으로 2만 장 넘겼잖아. 대단한 거야."

한국처럼 클래식 음반 시장이 죽은 곳에서 2만 장은 기록적이라 칭해질 정도였다.

대중가요로 치면 십만 장이 훌쩍 넘게 팔린 것과 마찬가지였다.

게다가 발매 석 달이 지난 지금도 한 달에 2천여 장씩 꾸준히 판매가 되고 있었다.

더욱 대단한 것은 2만 장이 한국에서의 판매량이란 것이다.

서윤의 앨범은 월드 와이드로 발매되었는데, 유럽에서는 프랑스, 아시아에서는 일본에서 인기가 좋다고 했다.

"첫 앨범을 낸 신인으로서 엄청난 판매량이지."

"얼굴에 금칠 그만해."

"아니, 할 만하니까."

김인혁은 그렇게 말하고는 다리를 꼬더니 서윤을 관찰하듯 바라보았다.

"왜?"

"아니, 정말 잘생겼다 싶어서."

"갑자기 웬 뜬금없는 소리."

"솔직히 네가 나오기 전까지는 나나 형도 인기가 좋았는데, 이제 여성 관객은 다 너한테 빼앗길 것 같다."

아닌 게 아니라 언론과 네티즌들의 입에 오르내리고 난 후 서윤의 인지도는 굉장히 올라갔다.

쇼팽 콩쿠르를 앞두고 연주회를 최대한 줄였지만 해야 할 것은 했다.

그때 연주회 관객 중 여성의 비율이 거의 80%에 육박했던 것이다.

더욱이 서윤의 팬 카페 '아름다운 피아니스트 김서윤의 보금자리'의 회원 수가 폭발적으로 늘어났다.

그러다 보니 얼마 전 회사로 팬 카페 운영자가 이벤트를 한다며 서윤의 사인 CD를 얻을 수 없냐고 문의해 오기도 했다.

"시장의 파이를 넓히는 데는 역시 스타가 등장해 줘야지."

"스타는 무슨."

"외모 잘났고, 실력도 뛰어나지. 하지만 무엇보다 너한테는 스토리가 있잖아."

개과천선한 문제아. 게다가 현재 최고의 인기를 누리고 있는 해동진기의 예비 멤버, 그것도·리더였던 가수 지망생 출신의 천재 피아니스트..

스타가 되기 위해서 갖춰야 할 항목 중 하나가 바로 그 인물의 스토리다.

그런데 서윤에게는 그 스토리가 있다.

"내가 좀 뻔뻔한 편이기는 한데 낯이 좀 뜨거워지려고 한다."

"하하, 알았어. 그만할게."

서윤의 말에 김인혁은 너털웃음을 흘리며 손을 내저었다. 그리고 두 사람은 꽤나 긴 시간 동안 피아노나 사는 이야기 등 잡다한 대화를 나눴다.

김인혁 역시 서윤의 첫 피아노 스승이 당시 초등학생이었던 여자아이라는 사실에 놀라워했다.

"그럼 그 아이는 아직까지 회사에 있는 거야?"

"어."

"정말 특이하다니까."

"그런가?"

"응."

김인혁은 고개를 끄덕였다. 그리고는 잠시 손목시계를 들여다보고는 말했다.

"일어나 봐야겠다."

그제야 서윤 역시 자신의 손목시계로 시간을 보고 믿을 수 없다는 어조로 말했다.

"이럴 수가. 내가 쉰내 나는 남자랑 2시간 동안 한자리에 앉아 이야기를 하다니."

"…왠지 좀 섭섭한데."

"이제는 우리가 헤어져야 할 시간이야."

"떠밀리는 것 같기는 하지만 넘어가도록 하지. 하여튼 다음번에 볼 때는 폴란드겠구나."

"형은 내일 모레 출국한다고 했지?"

김인혁은 서윤보다 한발 먼저 폴란드로 출국한다.

"먼저 가서 자리 분위기 파악하고 있을 테니까. 그리고 우리 각자 최선을 다하자."

"알았다고, 그러니 어서 찢어지자."

"볼수록 웃긴 녀석일세. 하지만 마음에 든다."

김인혁은 피식 웃었다.

그렇게 그날의 만남은 끝이 났다.

* * *

서윤은 자신의 방에서 캐리어를 열어놓고 옷가지를 쑤셔 넣고 있었다.

출국일이 내일로 다가왔기 때문이다. 한마디로 꽤나 바쁘다.

똑똑똑.

"나 들어간다."

"싫어. 들어오지 마."

누나인 김연희의 목소리. 서윤은 대번에 거부권을 발동했다.

"웃기고 있네."

하지만 그의 사랑스런 누나는 서윤의 말을 가뿐히 무시해주고 들어왔다.

그와 동시에 그녀는 서윤의 캐리어를 스캔한 뒤 혀를 찼다.

옷장에서 꺼내자마자 곧바로 캐리어로 던졌는지, 개어져 있지도 않다.

"쯧쯧쯧, 정리하는 꼬라지 봐라."

"신경 꺼. 내 나름대로의 정리법이니까."

"기도 안 차서 정말. 옆으로 나와."

"내버려 두라니까.

"해준다고 할 때 입 다물고 있어."

"쳇."

연희는 서윤을 힐끗 쳐다보고는 자리를 잡고 앉자마자 캐리어를 뒤집었다.

그리고는 옷을 하나하나 개어서 넣기 시작했다.

옷가지와 속옷, 그리고 가장 중요한 연주복까지. 정리를 시작한 지 20분 만에 뚝딱 해치웠다.

"봐. 얼마나 깔끔하니?"

"그렇기는 하네."

"김이랑 컵라면은?"

"거기도 한국 식품점 있대."

"하긴, 한 달 보름 넘게 있을 건데 그 양을 다 챙겨가기는 그렇지. 하여튼 뭐 빠트린 거 없는지 생각해 봐. 괜히 폴란드 가서 발 동동 구르지 말고."

"알았어."

"여권이랑 다른 건 다 챙겼어?"

"응."

서윤의 말에 연희는 고개를 끄덕였다. 그리고는 방에 들어올 때부터 들고 있었던 핸드백을 열었다.

"용돈 주게?"

서윤의 입가에 미소가 걸렸다.

그래도 동생이 해외에 나간다고 용돈 주려는 모양이다. 서
윤은 그런 생각을 하며 연희의 핸드백을 뚫어져라 쳐다보았
다.

하지만 기대와는 달리 연희의 핸드백에서 나온 것은 자그
만 서류 봉투였다.

완전 맥이 빠진 서윤은 심드렁한 표정으로 말했다.

"그건 뭐냐?

"통장."

"통장?"

"네 바이크."

"아!"

순간 서윤이 한줄기 탄성을 터트렸다. 기억난다.

자신의 애마를 팔아넘기고 생긴 돈으로 파생상품에 투자
했다던 그것이었다.

근데 그것……

"형이 뺏어가지 않았어?"

연희는 대답 대신 통장이 든 서류 봉투를 주었다. 서윤은
얼떨떨한 표정으로 봉투를 열어 통장을 꺼내 들었다.

그래, 이 통장이 틀림없었다.

"이, 이거······."

당시 기억하기에도 엄청난 액수의 돈이 찍혀 있던 통장.

비록 누나의 도박 본능으로 만들어진 로또였지만 말이다.

"언제까지 한도 100만 원짜리 신용카드를 쓸 수는 없으니까."

그나마 명의도 이정민 여사의 것이다. 게다가 그녀는 사용 내역도 꼼꼼히 체크한다.

서윤은 아직도 믿겨지지 않는다는 표정으로 통장을 바라보고 있었다.

드디어 자신에게도 스스로 유용할 수 있는 돈이 생긴 것이다.

서윤은 그런 벅찬 마음을 가지며 통장을 열었다. 그러나······.

"이게 뭐냐?"

서윤의 굳어진 표정으로 김연희에게 따지듯 말했다.

"뭐가?"

"이게 도대체 뭐냐고?"

영문을 모르겠다는 연희의 말에 서윤이 통장 속지를 그녀의 눈앞으로 들이밀었다.

"뭐긴, 잔액 2천만 원이구만."

서윤은 믿을 수 없다는 표정으로 다시금 통장 속지에 얼굴을 처박으며 숫자를 가늠해 보았다.

역시나 '₩20,000,000'이라는 숫자가 또렷하게 보인다.

분명 예전에 봤을 때는 10자리가 얼마 남지 않은 9자리의 숫자가 아름답게 찍혀 있었건만.

"왜 잔액이 2천만 원뿐일까? 내가 잘못 본 건가? 응?"

어조에는 이미 분노가 묻어나오고 있었다. 하지만 김연희는 그게 뭐 어쨌냐는 표정이다.

"응? 제대로 봤는데?"

"……."

서윤의 몸이 조금씩 떨리기 시작했다. 그 모습에 김연희가 피식 웃으며 손을 내저었다.

"내가 설마 너한테 그 돈을 다 운용하게 할 줄 알았니? 꿈 깨셔. 너한테는 아직 일러."

"야!"

"얼씨구? 그나마도 다시 뺏기고 싶어?"

후다닥.

그것은 싫었는지 서윤이 재빨리 통장을 품에 안았다.

서윤의 집은 잘산다. 그것도 엄청나게 잘산다.

하지만 이정민 여사를 비롯해 형과 누나의 통제 하에 한도 100만 원짜리 신용카드로만 살아온 서윤에게 있어서 현금 2천만 원은 적지 않은 돈이다.

그럼에도 불구하고 아쉬운 것은 아쉬운 것이다.

"나나 오빠가 잘 가지고 있으면서 불려준다고. 일단 이걸로 만족해. 지금 네 나이에 현금 2천을 가지고 있는 애가 얼마나 된다고 생각하니?"

"학생 때 누나는?"

"아, 물론 나는 예외."

이 마녀는 중학교 때부터 부모님의 동의하에 주식 계좌를 개설했다. 그리고 불과 2년 만에 초기자금 100만 원을 12억으로 불린 괴물이다.

"그런 게 어디 있어?"

"어디 있긴, 여기 있지."

연희의 말에 서윤은 입을 꾹 다물었다.

그녀는 6살 터울의 남동생을 잠시 바라보다가 천천히 입을 열었다.

"누나 눈에 넌 아직 마냥 어리고 보호해 줘야 할 것 같은 느낌이야."

"덩치는 내가 우리 집에서 제일 커."

"그건 그렇긴 하네. 하여튼 아직은 좀 이르다고 나나 오빠나 판단했어. 자존심 건드리는 것 아니니까 들어줘. 솔직히 넌 나나 오빠 같은 사업 수완이나 금전 감각을 타고나지 못했잖아."

"……."

서윤은 입을 꾹 다물었다.

그건 사실이었다.

형은 이미 아버지에게 후계자 수업을 받은 뒤 계열사 중 한 곳을 받아 훌륭하게 잘 이끌어 나가고 있었다.

연희 역시 투자 회사를 운영하며 엄청난 규모의 돈을 운용하고 있다.

그에 반해 서윤은 달랐다.

어려서부터 공부보다는 오토바이나 몰고 다니며 애들과 싸움하느라 바빴고, 형이나 엄마에게 용돈을 받으면 어떻게든 다 써버렸다.

솔직히 집안에서는 알게 모르게 고민이 많았다.

장남과 장녀는 아버지의 사업적 수완을 모두 물려받았는데 서윤만큼은 그런 게 전혀 보이지도, 흥미를 가지지도 않았기 때문이다.

솔직히 돈은 썩어 넘쳐나는 집안이라 애 하나 건사 못 시키겠냐만은, 하는 일 없이 부모에게 물려받은 돈으로 노는 모습은 그리 보기 좋은 게 아니다.

그래서 저 철없는 것이 기획사 명함 받았다고 자랑할 때 억지로 떠밀듯이 MH 엔터테인먼트에 집어넣었다.

일단 뭐라도 시키고 싶었으니까.

그랬던 것이 지금에 이르렀다.

서윤에게 예술계통에 천부적인 재능이 있는 것은 예상외였다. 하지만 그로 말미암아 한 가지 목적은 달성했다.

뭐라도 시키고 싶었다는 것.

현재 서윤은 한국 최고의 명문대에 재학 중인 학생이며, 잘나가는 피아니스트다.

이제 한 가지 목적은 달성했다. 그렇다면 이제 최소한의 금전 감각을 키워줘야 할 차례다.

"이 통장만큼은 아무도 안 건드려. 약속할게."

"진짜? 이 통장은 안 건드릴 거야?"

"그래. 어차피 너도 이제 음악 활동을 통해서 돈을 벌게 되었잖아. 일종의 급여 통장이다 생각하고 잘 모아. 그리고 네가 버는 돈을 한번 운용해 봐."

"정말이지?"

"뺏는다?"

"알았어. 알았다고."

서윤은 연신 고개를 끄덕였다. 그 모습에 혜진은 핸드백에서 도장과 카드도 내주었다.

"일단 통장 도장하고, 내 명의의 신용카드도 한 장 발급 받았어. 아직은 한도가 그렇게 높지는 않을 거야."

"하하. 내 명의로 된 거?"

서윤은 자신의 이름 세 글자가 박힌 신용카드를 들어 보이며 웃었다.

"웃을 일만은 아닐 텐데? 이제 이 카드로 긁은 만큼 네 통장에서 돈이 빠져나간다는 소리야."

"헤헤헤."

걱정스런 마음에 말했지만 이 녀석은 아직 웃기 바빴다.

연희는 이게 잘하는 짓일까 싶은 마음을 억지로 밀어 넣으며 자신의 동생을 걱정스레 바라보았다.

*　　*　　*

9월 11일.

서윤이 폴란드 바르샤바 프레드릭 쇼팽 국제공항에 도착했다.

과거 오켄치에로 불렸지만 2001년 프레드릭 쇼팽의 이름을 따 현재의 이름으로 바뀌었다.

폴란드 사람들이 프레드릭 쇼팽에 얼만큼 자부심을 가지고 있는지 말할 필요가 없으리라.

"짐 찾아왔습니다."

얼마 지나지 않아 매니저가 캐리어를 끌고 왔다.

서윤과 혜진, 그리고 매니저는 공항을 나서 한 달 동안 묵게 될 호텔로 이동했다.

"역시 우리 집. 돈지랄은 짱이다."

서윤은 메리엇 호텔 스위트룸에 들어서며 고개를 절레절레 저었다.

서윤의 모친인 우리의 이정민 여사는 아들내미가 피아노 연습에 전념할 수 있도록 45일 동안 스위트룸을 잡으시는 기염을 토했다.

참고로 거실에는 그랜드 피아노가 놓여져 있다.

"한마디로?"

"한 달 동안 죽었다, 입니까?"

서윤은 양손으로 얼굴을 덮으며 중얼거렸다.

"일단 도착한 당일이니까 오늘은 좀 쉬도록 하자. 컨디션 조절이 무엇보다 중요하잖아?"

"그러면 관광은?"

서윤의 말에 혜진의 눈이 부릅떠졌다.

"관광?"

나지막한, 하지만 위협적인 혜진의 어조에 서윤이 어색하게 웃으며 샤워를 하기 위해 욕실로 내뺐다.

그 모습을 바라보던 혜진은 고개를 절레절레 저었다.

"저 아이한테 긴장이란 것은 없는 것일까?"

"그게 서윤 씨의 장점이지 않습니까?"

매니저가 너털웃음을 흘리며 말했다. 혜진은 어깨를 으쓱였다.

확실히 터무니없을 정도의 강심장은 대단하다. 하지만 적절한 긴장감은 득이 되었으면 득이 되었지, 실이 되지는 않는다.

"이제는 모르겠네요."

"그냥 믿어주시면 됩니다. 서윤씨는 믿음을 저버리지 않는 남자니까요."

매니저의 말에 혜진은 고개를 끄덕였다.

확실히 그것만큼은 믿음직스럽기는 하니까.

얼마나 시간이 지났을까? 뜨거운 물에 몸을 씻으며 어느정도 피곤을 몰아낸 서윤은 로밍해 온 전화기를 들었다.

"어디 전화 걸어?"

"인혁 형이요. 도착했다고요."

"아, 김인혁 씨?"

"네."

서윤의 말에 혜진은 고개를 끄덕였다.

김인혁의 제안으로 만났다고 하는데 이런 식의 교류는 서윤에게도 좋다.

조금이라도 먼저 도착한 인혁에게 여기 상황이나 분위기를 파악할 수 있을 테니까.

"그러니까 잠깐 나갔다 와도 되죠?"

"결국 그게 목적이었구나?"

혜진의 말에 서윤은 피식 웃었다. 그런 모습에 혜진 역시 수긍하는 수밖에 없었다.

허락이 떨어지자 서윤은 부리나케 전화를 걸어 김인혁과 약속을 잡은 뒤 옷을 갈아입기 시작했다.

"너무 늦지는 말고."

"알겠습니다."

"혹시나 해서 말하는 거지만 술은 안 돼?"

"아직 콩쿠르 시작하려면 십 일도 넘게 남았어요."

"매니저님 감시 잘 부탁드려요."

아무래도 못 미더웠는지 혜진이 매니저에게 신신당부를 한다.

"걱정 마십시오."

쓸데없이 결의에 차서 대답하는 매니저에게 서윤은 혀를 쯧 하고 찼다.

오늘은 놀려고 했는데 좀 힘들 것 같다고 생각하며 김인혁과 약속 장소로 출발했다.

1층으로 내려온 서윤은 지나던 행인에게 물으며 걸음을 옮겼다.

"근처에서 만나기로 했나 봐요?"

"온다고 했어요. 일단 자리 잡고 앉죠. 호텔에서 5분만 걸으면 괜찮은 카페가 있다고 했어요."

다행히 카페를 찾는 데는 무리가 없었다.

서윤은 가게 안의 자리 대신 거리에 파라솔을 펴놓은 곳에 자리를 잡고 앉았다.

"뭐 드실래요?"

"같이 가죠."

매니저의 말에 서윤은 자리에서 일어섰다. 그러면서 전화를 들었다.

"어디야?"

─한 5분 정도 걸려. 벌써 도착했니?

"어. 음료수 시켜놓으려고 하는데 뭐 먹을래?"

─카푸치노.

"알았어, 시켜놓을게. 어서 와."

─응.

통화를 끝내고 서윤과 매니저는 가게 안으로 들어가 주문을 하고 값을 치른 뒤 다시금 제자리로 돌아와 앉았다.

한 2, 3분쯤 기다리니 저 멀리서 김인혁의 모습이 보이기 시작했다.

"여기."

"응."

김인혁 역시 서윤을 발견하고는 미소를 지었다.

　"도착 언제 했어?"

　"2시간 전. 호텔에서 씻자마자 바로 전화하고 튀어나왔지."

　"하하. 그렇게 보고 싶었냐?"

　"그럴 리가. 오자마자 연습 타령하는 선생님을 피한 것뿐이야. 저번에 만났을 때도 이야기했잖아."

　"남자랑 길게 대화 안 한다고?"

　"기억하네?"

　서윤의 말에 김인혁은 쓴 미소를 지었다. 그러던 중 서윤의 옆에 앉아있는 이를 발견하고 고개를 갸웃거렸다.

　"그것보다 옆에 분은?"

　"매니저."

　"안녕하세요.

　"안녕하십니까."

　서윤의 소개에 매니저가 일어나 김인혁에게 인사를 했다. 김인혁 역시 마주 인사를 하고는 가볍게 휘파람을 불었다.

　"역시 연예 기획사에 소속된 피아니스트. 매니저까지 대동하고 다니네?"

　"형은 없나?"

"에이전시는 있지. 하지만 이렇게 항상 붙어 다니지는 않아."

"그렇군."

"그것보다 어때? 폴란드에 와보니."

"이 형은 도착한 지 2시간 됐는데 아시고 자시고 할게 어디 있어?"

"하하, 그런가?"

서윤의 타박에 김인혁이 민망했는지 너털웃음을 흘렸다. 때마침 종업원이 음료를 가지고 왔다.

「감사합니다.」

서윤이 뜻밖의 유려한 발음으로 말한다. 김인혁은 눈을 동그랗게 떴다.

"폴란드어 할 줄 아니?"

"기초적인 정도."

'어려서부터 해외 각지로 많이 돌았어' 라고 덧붙이며 서윤은 커피가 든 잔을 들었다.

"어디어디 말 할 줄 알아?"

"어디 보자… 영어, 일어, 스페인어, 중국어, 러시아어 정도 랄까?"

"이거 의외로 능력자네? 그런데 왜 학창 시절에는 문제아 였냐?"

"어려서부터 언어 쪽에는 재능이 있었어. 말 배우는 건 빠르더라고. 그리고 문제아가 뭐냐, 문제아가."

"틀린 말은 아니잖아. 나 네 동영상 봤다."

"아, 그거 어떻게 없앨 수 없나?"

서윤의 짜증스러운 말에 김인혁은 피식 웃었다.

"이미 퍼질 만큼 퍼져서 힘들걸?"

그리고는 '그런데 난 안 때릴 거지?'라고 덧붙인다. 서윤은 어깨를 으쓱이다가 생각났다는 듯 물었다.

"그것보다 이번 참가하는 사람 중에 폴란드랑 일본 사람이 제일 많다며?"

"그렇다더라."

"게다가 이번 쇼팽 콩쿠르에서는 폴란드 출신을 밀어줄 것 같다는 이야기도 돌던데."

"아무래도 자국인한테 조금은 유리할 수도 있겠지. 상관있냐? 하던 대로 하면 되지."

"하긴, 그건 그래."

서윤은 차를 한 모금 마시며 주위를 둘러보았다.

"오늘은 좀 구경 좀 하려고 하는데 가이드해 줄 수 있나?"

"나라고 뭘 알겠냐?"

"도움이 안 되는 형이구만."

서윤은 그렇게 중얼거리다가 한 곳에 시선을 고정시켰다.

"어딜 보냐?"

"저기 악기점."

"악기?"

"응. 재미있는 거 있나 가볼까?"

서윤의 말에 김인혁은 빙긋 웃었다. 그래도 음악을 하는 사람이라 그런지 악기에 관심을 보이는 서윤의 모습이 좋게 보였나 보다.

"그래, 가보자."

그리고는 남은 음료를 쭉 들이켠 후 자리에서 일어섰다.

"음료도 얻어 마셨으니까 팁은 내가."

김인혁은 지갑에서 지폐를 하나 꺼내 테이블에 올려놓고 악기점 쪽으로 걸음을 옮겼다.

끼익.

다소 오래되어 보이는 악기점에 들어가자 그들을 처음 맞이해 주는 이는 희끗한 백발의 주인이었다.

그는 악기점에 들어온 동양인들을 힐끗 바라보고는 이내 흥미를 거뒀다.

아마도 구경하러 들어온 관광객들이라 생각한 것이겠지.

보통의 관광객들이라면 이런 악기점에서 돈을 쓰지는 않으니까.

그런 주인의 마음을 알 리 없는 서윤은 양쪽 벽면을 가득

채운 악기들을 바라보고 있었다.

"흠흠, 좋아 보이네."

서윤은 퍽이나 마음에 들었는지 벽면에 걸려 있는 클래식 기타를 뚫어지게 쳐다보고 있었다.

"기타에 흥미 있어?"

"흥미가 있는 게 아니라 약간은 칠 줄 알아요."

"그래?"

김인혁의 말에 서윤은 잠시 고심하는 듯하다가 주인에게 다가가 한 번 쳐봐도 되냐고 물어봤다.

주인은 잠시 서윤을 바라보다가 이내 고개를 끄덕이고는 몸을 일으켰다.

그리고는 조심스레 벽에 걸려 있던 기타를 내려 건네주었다.

서윤은 의자에 앉아 기타를 잡고 자세를 취했다.

그리고는 천천히 기타 줄을 튕기기 시작했다.

"호오."

명료하고 따뜻한 기타 소리.

김인혁과 매니저, 그리고 기타 주인이 눈을 동그랗게 떴다.

잘은 모르겠지만 예상외로 서윤이 무척이나 능수능란하게 기타를 쳤기 때문이다.

또한 세 사람이 더 놀란 것은 그가 치고 있는 곡 때문이었다.

쇼팽의 녹턴 Op. 9 No. 2.

서윤의 손 위에서 쇼팽의 녹턴이 아름다운 멜로디가 기타로 재현되고 있었다.

"클래식 기타에도 재능이 있을 줄이야."

아까도 말했지만 기타에 대해 잘은 모른다. 하지만 음악가로서의 안목이란 것이 있다.

김인혁은 본능적으로 서윤의 실력이 범상치 않음을 깨달았다.

그것은 이 악기점의 주인 역시 마찬가지였다.

맨 처음에는 구경이나 하러 들어온 동양인 관광객이라 생각했다.

그랬기에 기타를 쳐보면 안 되겠냐고 물었을 때도 심드렁했다.

하지만 그 어조가, 그리고 표정이 너무 진지해서 한번 쳐보기나 하라고 내주었다.

그런데 이건 아주 예상외였다.

'아마추어가 아니다.'

이 자리에서 30년 넘게 악기점을 운영해 왔다.

자연스레 자신도 기타를 접했고, 봐왔다. 긴 세월 동안 자연스레 쌓인 안목은 동양인 청년이 일게 아마추어가 아니라고 판단내렸다.

척 보기에도 완벽한 운지, 어느 음 하나 뭉개짐 없이 또렷하고 명료하다.

그제야 이 청년이 달리 보이기 시작했다.

게다가…….

곡에 대한 이해력, 그리고 해석력은 놀라울 정도다. 마치 전문 클래식 연주자 같다.

뭐 악기점 주인으로서는 서윤에 대해 잘 모르기에 이런 생각을 하는 것일 테지.

그렇게 잠시간의 시간이 흐르고 서윤의 연주가 끝났다.

"최고다."

"와아."

김인혁과 매니저가 엄지손가락을 치켜세웠다. 그리고 그것은 악기점 주인 역시 마찬가지.

그는 환한 미소를 지으며 놀라운 연주를 들려준 동양인 청년에게 박수를 보냈다.

특히나 김인혁의 경우에는 이 정도일 줄 몰랐다는 표정이다.

"한 곡 더?"

서윤은 그렇게 말하고는 주인에게 시선을 주었다.

말을 하지 않아도 무엇을 뜻하는지 알았다는 듯 주인은 고개를 크게 끄덕였다,

간만에 좋은 연주를 들은 것이다. 한 곡 더 친다니, 반가운 것은 이쪽이었다.

"그럼 뭘 칠까?"

이번에는 클래식 연주곡이 아닌 것으로 정했다.

"워낙 유명한 곡이라 들어보면 알 텐데?"

그 말을 끝으로 서윤의 연주가 다시금 시작되었다.

근대 기타의 아버지, 클래식 기타계의 베토벤이라고까지 불리는 프란시스코 타레가(1852~1909)가 작곡한 알함브라 궁전의 추억이다.

「훌륭하다.」

악기점 주인은 거듭 감탄한 표정으로 중얼거렸다.

음이나 화음을 규칙적으로 떨리듯 되풀이하는 트레몰로 주법이 자아내는 애잔한 분위기와 낭만성 넘치는 멜로디 라인.

이 동양인 청년은 매우 훌륭한 기타리스트다.

듣는 이로 하여금 감탄을 자아낼 만큼.

그렇게 두 곡을 연달아 연주한 서윤은 기타를 들어 보이며 고개를 끄덕였다.

소리의 울림이 명료하며 풍성하다.

아주 좋은 기타다.

「얼마입니까?」

*       *       *

서윤은 기타케이스를 들고 룰루랄라 악기점을 나섰다.

"결국 질렀구나?"

김인혁의 말에 서윤은 꽤나 만족스러웠던 쇼핑이었는지 연신 휘파람을 불었다.

서윤이 아주 좋은 기타라고 말한 것처럼 가격 또한 만만치 않았다. 하지만 서윤에게 그게 뭐 대수겠는가?

"보자마자 생각했다고요. '이건 질러야 돼'라고."

금전 감각을 키워주겠다며 통장과 카드를 내준 누이가 들으면 졸도할 만한 이야기를 하며 서윤은 만족스레 웃었다.

"그것보다 좋은 구경했다. 친지는 얼마나 됐냐?"

"피아노 시작하고 몇 달 있다가 시작했으니까, 햇수로는 2년 정도?"

서윤의 말에 김인혁은 더 이상 놀랄 힘도 없다는 표정을 지었다. 그러니까 지금 저게 2년차의 실력이라고?

"연습은?"

"밤에 집에 와서 틈틈이?"

"설마 독학?"

끄덕.

서윤은 고개를 끄덕였다. 너무나도 태연자약한 대답에 김 인혁은 허탈한 웃음을 흘렸다.

"대단한 녀석. 넌 정말 대단한 녀석이야."

인정한다.

이 녀석의 재능은 정말 하늘이 내려준 것이다.

"요즘은 바이올린에도 흥미가 가던데."

그런데 이 녀석은 또 바이올린 타령을 하고 있다.

"엄마 친구 따님한테 부탁해 볼까 생각 중이에요."

바이올리니스트 백주하를 일컫는 말이겠지.

같은 시각.

"왠지 앞으로 귀찮은 일이 생길 것만 같은 기분이 들어."

백주하는 뜬금없이 든 오한에 눈살을 찌푸렸다.

그리고……

"이 녀석. 설마 카드랑 통장 받자마자 대차게 긁은 건 아니 겠지?"

서윤의 누이, 김연희의 촉은 가공할 만했다.

# Lesson 20

쇼팽 콩쿠르 1

　쇼팽 국제 피아노 콩쿠르.

　폴란드 출신의 피아니스트 겸 작곡가 프레드릭 쇼팽을 기리기 위해 1927년 창설되었으며 쇼팽이 태어난 폴란드의 수도 바르샤바에서 5년에 한 번씩 개최되고 있다.

　벨기에의 퀸엘리자베스 콩쿠르, 러시아의 차이코프스키 콩쿠르와 함께 세계 3대 피아노 콩쿠르의 하나로 꼽힌다.

　참가 대상은 18세에서 29세까지의 젊은 피아니스트들인데, 보통 다른 콩쿠르들이 피아노, 바이올린, 성악, 작곡 등 여러 부문으로 구성돼 있는 것과 달리 이 콩쿠르는 피아노 부문

만으로 돼 있으며 쇼팽의 작품으로 경연을 치른다.

그런 쇼팽 콩쿠르가 드디어 내일 시작된다.

오늘은 예선 시작에 앞서 참가자들을 대상으로 워크샵과 경연 순번을 정한다.

한 달여에 걸친 대장정이 시작된 것이다.

"여기인가?"

서윤은 자신의 눈앞에 우뚝 솟아 있는 건물을 올려다보았다.

바르샤바 문화과학 궁전.

높이 230미터, 37층 높이의 이 건축물은 1955년 완공되었다.

스탈린이 '러시아 국민이 폴란드 국민에게 주는 선물'이란 의미로 지어준 사회주의 시대의 대표적 건축물.

폴란드 사람들에게는 불명예스러운 역사의 상징이기도 한 곳이 문화과학 궁전이다.

서윤이 이곳에 있는 이유는 다름 아닌 예선이 치러질 곳이었기 때문이다.

"오늘은 경연 순서 정도를 뽑겠죠?"

서윤의 말에 혜진은 아마도 그렇지 않겠냐는 듯 고개를 끄덕였다.

"드디어 시작이구나."

"그러게요,"

"최대한 뒤쪽 순번이 걸렸으면 좋겠다."

아무래도 앞 순번보다는 뒤쪽 순번이 조금 유리한 측면도 있을 테니까.

"여어."

그때 등 뒤에서 익숙한 목소리가 들려왔다.

서윤이 고개를 돌려보니 김인혁이 손을 흔들고 있었다.

"형."

"어제 잠은 잘 잤냐?"

"형은요?"

"아무래도 좀 긴장이 돼서. 1시간 정도. 너는?"

"8시간."

"……"

김인혁은 말을 하지 못했다. 그때 그의 옆에 서 있던 사람이 서윤에게 다가오더니 손을 내밀었다.

"이야기 많이 들었습니다. 김인석입니다."

바로 김인혁의 4살 터울 형인 피아니스트 김인석이었다.

"안녕하세요. 인혁 형의 형님이신데 말 놓으세요."

"그러면 그럴까?"

"네."

"서울에 있을 때는 갑자기 일이 생기는 바람에 못 나가서 아쉽다 생각했는데 이제야 만나게 되네."

9살에 피아노를 시작한 김인석은 어린 나이에 국내외 유수
의 콩쿠르를 휩쓸었고, 모스크바 국립 음악원에서 세계적인
명교수 레프 나우모프에게 사사를 받았다.

17세의 나이에 제2회 국제 청소년 쇼팽 콩쿠르에서 우승,
19세의 나이에 차이코프스키 콩쿠르 본선 진출, 23세 때 다시
출전해 5위에 입상하기도 했다.

물론 그 외에도 부조니 콩쿠르, 프라하 국제 콩쿠르 등 세
계 유수의 콩쿠르에서 상위 입상한 거물 피아니스트였다.

"콩쿠르 기간 동안은 경쟁자지만 서로 힘내자고."

"네."

"그럼 이제 슬슬 들어가 보자고."

"다녀오겠습니다."

서윤은 고개를 끄덕인 뒤 혜진에게 인사를 하고 걸음을 옮
겼다.

"이따가 보자."

"수고하십시오."

혜진과 매니저는 서윤에게 손을 흔들며 배웅했다.

문화광장 궁전의 홀로 들어서자 세계각지에서 온 333명의
피아니스트가 그들을 맞이해 주었다.

모두들 자국에서는 알아주는 피아니스트일 터.

그럼에도 불구하고 쇼팽 콩쿠르가 주는 중압감은 대단했는지 많은 이의 표정이 굳어 있었다.

경험이 많은 김인혁과 김인석의 경우에는 조금 덜했지만 살포시 상기된 얼굴로 보아 초조해하고 있는 기색이기는 하다.

그에 반해 서윤은 평온한 얼굴로 주위를 둘러보며 가볍게 휘파람을 불었다.

"많네요. 완전 바글바글하네."

"넌 긴장 안 되냐?"

"그다지."

김인혁의 말에 서윤은 뭘 그러냐는 듯 반문했다.

"뭐 이런 녀석이 다 있냐?"

"하하하, 타고난 강심장이란 것이겠지."

김인혁의 말에 김인석은 너털웃음을 흘렸다.

도리어 서윤 덕분에 자신들의 긴장감도 다소간 이완되는 듯했다.

"미리 들어가서 자리 잡을까요?"

서윤의 말에 두 사람은 고개를 끄덕였다. 그리고 한 발 앞서 걷는 서윤의 뒤를 따랐다.

그 후, 1시간가량 콩쿠르에 대한 심사 과정 등 워크샵을 들은 세 사람은 경연 순번을 받을 수 있었다.

김인석은 158번, 김인혁은 75번, 그리고 서윤은……

"선생님이 뒷번호가 됐으면 좋겠다고 했는데."

서윤은 골치 아프다는 표정으로 중얼거렸다.

"5번이라."

딱하다는 김인석의 목소리에 서윤은 한숨을 내쉬었다. 하지만 그것도 잠시였다. 이내 어깨를 으쓱이더니 살짝 미소를 지었다.

"생각해 보면 후딱 끝내는 게 마음 편할지도 모르겠네요."

이미 일이 벌어졌는데 투덜거려서 뭐하겠는가?

순번을 바꿀 수 있는 것도 아니고.

"나는 초반은 심장 떨려서 못하겠던데."

"뭐 어쩔 수 있나요? 가자마자 연습해야겠네요."

23일부터 29일까지 예선기간.

대회 측에서 지정한 예선 곡은 다음과 같았다.

1. 에튀드 a, b 그룹 중 각 1곡씩 선택.
   a. 10-1, 10-4, 10-5, 10-8, 10-12, 25-11.
   b. 10-2, 10-7, 10-10, 10-11, 25-4, 25-5, 25-6, 25-10.

2. 발라드, 뱃노래, 환상곡, 폴로네이즈, 소나타(한 악장만) 중 1곡 선택.

예선부터 아주 빡빡하기 그지없다.

"식사나 하고 헤어질까?"

김인석의 말에 서윤은 쓴 미소를 보이며 고개를 내저었다.

"저도 그러고 싶기는 한데 선생님이 기다리시니까요. 아마
도 순번을 듣자마자 뒷목을 잡고 넘어 가실지도 몰라요."

"그래, 어쩔 수 없지. 우리 예선 끝나면 밥이나 한번 먹자."

"네. 형 먼저 가볼게요."

"그래."

서윤은 두 사람에게 인사를 하고 문화궁전을 나섰다.

나가자마자 초조한 기색으로 서 있던 혜진이 서윤에게 다
가왔다.

"순번 몇 번이니?"

"기대하셔도 좋아요."

서윤의 말에 혜진의 얼굴이 환해진다. 원했던 대로 뒤쪽에
걸린 거라 생각했기 때문이다.

"그래서 몇 번?"

"5번이요."

순간 혜진의 얼굴이 그대로 굳어졌다.

"참고로 내일 오전 9시까지 오래요."

"아하하하… 5번… 5번이라."

"어차피 물릴 수 있는 것도 아니고, 받아들이세요."

서윤의 말에 혜진은 긴 한숨을 내쉬었다. 하지만 그 말대로
다.

"어서 가자, 연습해야지."

"그래야 될 것 같네요."

서윤은 고개를 끄덕였다.


그리고 다음 날.

서윤은 대기실에 앉아 손가락을 문지르며 풀어주고 있었
다.

"컨디션은 문제없고."

어제는 거의 자정에 가까운 시간까지 연습을 했다.

솔직히 서윤은 괜찮은데 혜진이 상당히 불안해한 것이다.

다행히 잠도 푹 잤고, 머리는 맑다.

서윤은 조용히 주위를 둘러보았다. 자신과 마찬가지로 연
주복을 입은 채 대기하고 있는 세계 각국의 피아니스트들이
보인다.

그렇게 얼마나 있었을까?

"저, 저기요."

"……?"

문득 들려온 소리에 고개를 들어보니 동양인 여성이 쭈뼛

거리면서 서 있있다.

아니, 그것보다 중요한 것은 그녀의 입에서 흘러나온 한국어였다.

"한국인이세요?"

"네. 김서윤 씨죠?"

"실례지만?"

"손희정이라고 합니다."

"아."

서윤은 고개를 끄덕였다. 그리고는 자리에서 일어나 그녀에게 악수를 건넸다.

"반갑습니다."

이곳에 있는 것으로 보아 서윤과 마찬가지로 앞 순번일 터. 게다가 같은 한국인이니 반가운 마음도 들었다.

"아, 네. 저도 반갑습니다. 혹시 폐가 된 것은 아니죠?"

"아닙니다. 오히려 반갑기까지 한걸요?"

"아, 네."

조용한 성격인지 목소리는 조근하고 차분하기 그지없다.

하지만 손희정이란 이름은 클래식계에서 결코 작지 않았다.

어렸을 적부터 두각을 나타내며 초등학교 5학년의 나이로 차이코프스키 청소년 콩쿠르에서 2위, 중학교 1학년 때 오벌린 국제 콩쿠르에서 최연소로 우승을 했다.

그 외에도 이화경향음악콩쿠르, 독일 에틀링겐 국제 피아노 콩쿠르 최연소 1위, 이탈리아 비오티 국제 콩쿠르 최연소 1위를 휩쓴 천재 피아니스트였다.

게다가 올해 3월에는 이스라엘에서 열린 루빈스타인 국제 콩쿠르에서 3위를 하기도 했고 말이다.

이정민 여사의 친구이자 바이올리니스트 백주하의 모친인 김미령 여사의 말마따나 연주, 수상 커리어는 손희정에 비하면 서윤은 이제 막 발걸음을 뗀 수준에 불과했다.

'그러고 보면 이 바닥에는 참 천재 소리 듣는 사람이 많단 말이지.'

뻑 하면 대여섯 살의 나이로 오케스트라랑 협연을 했다는 양반이 다반사다.

콩쿠르?

바로 눈앞에 중학생의 나이로 정식 피아노 콩쿠르에 나가서 최연소로 1위를 한 아가씨도 있지 않은가?

김인혁 김인석 형제 역시 말하자면 입이 아플 정도다.

참으로 타고난 천재성이 중요한 계통답다고 할까?

그러고 보면 이 쇼팽 콩쿠르에 참가한 333명의 사람 대다수가 어려서부터 천재 소리를 들었을 터.

'에이, 몰라.'

서윤은 괜스레 드는 기분을 밀어 넣으며 손희정에게 시선을 주었다.

"같이하게 되서 반가워요."

"저도 반갑습니다. 희정 씨는 몇 번이세요?"

"2번이요."

"전 5번입니다."

서윤의 말에 희정은 미소를 지었다.

"우리 둘 다 파이팅하도록 하죠."

서윤은 희정에게 손을 내밀며 말했다. 그러자 희정 역시 서윤이 내민 손을 잡으며 악수를 했다.

그렇게 얼마의 시간이 지났을까?

경연이 시작되고 첫 번째 경연자가 나갔다.

"다음이네요. 조금 떨려요."

희정은 가슴에 자신의 손을 얹으며 심호흡을 했다.

몇 번의 콩쿠르를 겪었지만 남들에게 평가를 받는다는 것은 무척이나 긴장되는 일이니까.

"긴장 마세요. 이 콩쿠르를 위해 연습해 온 자신을 믿으세요."

서윤의 말에 희정은 잠시 눈을 깜빡이더니 이내 미소를 지으며 고개를 끄덕였다.

"감사해요. 왜인지는 모르겠지만 그 말을 들으니 조금은 긴장감도 가시는 것 같네요."

"별 말씀을."

「두 번째 연주자 나오세요.」

아, 어느새 첫 번째 순번이 끝났나 보다.

희정은 마지막으로 호흡을 가다듬더니 서윤에게 가볍게 고갯짓으로 인사를 건네고 총총히 걸어갔다.

그렇게 시간은 흘렀다.

어느덧 자신의 바로 앞 순번도 불려 무대 위로 나갔다.

서윤은 힐끗 대기실을 둘러보았다. 아직도 자신의 순번을 기다리며 초조한 기색의 피아니스트들이 보인다.

'내가 이상한 것일까?'

서윤은 자신이 생각하기에도 이상할 정도로 평온함을 느끼며 지그시 눈을 감았다.

이미 예선에서 칠 곡은 정했고, 충분히 연습도 했다.

준비는 완벽하다.

「다섯 번째 연주자 나와주세요.」

서윤은 감았던 눈을 뜨며 몸을 일으켰다.

그리고……

쨍!

여섯 개의 와인 잔이 허공에서 부딪쳤다.

와인 잔을 들고 있는 이들은 서윤과, 김인혁, 김인석 형제였다.

"예선 통과를 축하하며."

"최상의 결과네요."

결론적으로 말하자면 6일간의 예선 후 본선 1라운드에 진출한 인원들이 발표되었다.

333명의 연주자 중 1차 본선에 진출한 인원은 총 80명.

그중 한국인은 총 6명이 올랐는데, 그중 절반인 3명이 모여 앉은 것이다.

하여튼 결론부터 말하자면 예선을 통과한 기념으로 김인석, 김인혁 형제가 한 턱 내기로 했다.

"1차 본선은 10월 3일부터군요?"

혜진의 말에 김인석이 고개를 끄덕였다.

"네. 3일 정도군요."

"예선이 끝나자 곧바로 1차 본선이 오는군."

김인혁은 벌써 지쳤다는 표정으로 어깨를 축 늘어트렸다. 김인석은 빙긋 웃으며 서윤에게 시선을 주었다.

"준비는 잘돼가?"

"하 참. 뽑기 운 진짜 없지. 이번에는 3번이네요."

예선을 통과하는 80명이 확정된 후 곧바로 1차 본선의 순번을 뽑는 순서를 가졌다.

조금은 뒷순번이 걸리길 바랐건만 얼씨구? 이번에는 3번이
다.

"하하, 우리는 50번 대야. 다행히 붙어 있지는 않지만."

"운도 좋으시네."

서윤은 입을 삐죽이며 중얼거렸다. 그러던 중 레스토랑 문
을 열고 들어오는 약관의 청년을 발견하고는 김인석과 김인
혁에게 상체를 가까이 가져갔다.

"저 사람."

"응?"

그제야 두 사람은 몸을 돌려 자리를 찾기 위해 두리번거리
는 청년을 발견했다.

"블레하츠네?"

라파엘 블레하츠.

현재 쇼팽 콩쿠르에 참가하고 있는 폴란드 출신 피아니스
트다.

크리스티안 침머만 이래 30년 동안 쇼팽 콩쿠르의 우승자
를 배출하지 못한 폴란드다. 매번 타국 출신의 피아니스트에
게 왕좌를 내준 폴란드로서는 자존심이 상할 수밖에 없는 일.

그리고 블레하츠는 왕좌를 탈환할 만한 인재라 평가받는
피아니스트.

"듣자 하니 이번에 폴란드 출신 피아니스트를 밀어줄 것이

라는 이야기가 돌던데."

"홈이니까. 어느 정도 타당성은 있는 이야기지."

실제로 80명의 본선 진출자 중 20명이 폴란드 출신이다. 그것은 마찬가지로 20명을 본선에 올려놓은 일본과 더불어 최다다.

한마디로 폴란드와 일본, 두 개 국가가 50%를 차지한 것이다.

솔직히 이것은 말이 나올 수밖에 없다.

폴란드의 자국 밀어주기, 그리고 쇼팽에 후원을 하는 일본 기업.

"하지만 블레하츠의 실력만큼은 진짜배기잖아요."

서윤의 말에 김인석과 김인혁은 고개를 끄덕였다.

빼어난 실력에 폴란드인이라는 플러스알파까지.

"그래, 저 사람이 이번 콩쿠르의 왕좌에 가장 근접한 사나이야."

*      *      *

그 후로 시간은 흐른다.

그리고 1차 본선이 시작되는 날이 밝았다.

서윤은 아침 일찍 일어나 30분 정도 피아노를 치며 손을 풀었다.

혜진은 서윤이 연주하는 모습을 보며 가볍게 고개를 끄덕였다.

보아하니 컨디션에는 문제가 없는 듯했다.

"준비는 다 됐니?"

"언제라도 나갈 준비가 되어 있습니다."

서윤은 의자에서 일어나며 겉옷을 걸쳤다. 그러자 어느새 매니저가 연주복이 든 캐리어 가방을 들고 다가왔다.

"이만 나가시죠."

"네."

서윤은 고개를 끄덕였다.

그렇게 호텔을 나와 세 사람은 1차 본선이 열리는 장소에 도착했다.

"휘유."

그와 동시에 서윤은 가볍게 휘파람을 불었다.

어느새 그곳에는 쇼팽 콩쿠르의 본선을 관람하기 위한 관람객이 상당수 보였기 때문이다.

조금 특이한 점이라면 흑발의 동양 사람들도 상당 비율을 차지하고 있다는 점이다.

"대부분 일본인이겠죠?"

서윤의 말에 혜진은 정답이라는 듯 고개를 끄덕였다.

아시아에서 가장 큰 클래식 시장을 자랑하는 일본답게, 세계적 권위의 쇼팽 콩쿠르를 관람하기 위해 이곳 폴란드까지 날아온 것이리라.

더욱이 본선부터는 일본에 위성으로 중계까지 해준단다.

"대단하네. 콩쿠르를 관람하기 위해서 여기까지……."

"인혁 형한테 듣기로는 일본의 피아노 업체들은 자국 피아니스트들을 위해서 따로 연습실도 얻어주고 그런다나 봐요."

"대단해, 정말."

혜진의 어조에 부럽다는 기색이 묻어나왔다. 그에 반해 한국은…….

"에휴, 말해 뭐하니."

혜진은 이내 고개를 절레절레 저으며 체념한 듯한 어조를 토해냈다.

솔직히 대중적인 관심도나 시장의 크기에 비해 국내 클래식 연주자들이 해외에서 거둔 성적은 눈부실 정도였다.

뭐, 투덜거려 봤자 뭐하겠는가?

혜진은 이내 표정을 밝게 하고는 서윤의 등짝을 짝 소리가 나도록 후려쳤다.

"뭐예요?"

당황한 서윤의 말에 혜진은 어깨를 으쓱였다.

"잘하라고."

"따가워 죽겠네."

서윤은 입술을 삐죽였다.

그 모습에 혜진은 내심 안도했다. 혹시나 싶었는데, 역시 긴장한 기색은 찾아볼 수 없다.

"선생님도 열심히 관람할게."

혜진의 말에 서윤은 한줄기 미소를 띠었다.

하지만 그것도 잠시. 서윤은 진지한 표정으로 혜진과 시선을 맞췄다.

"꼭 본선 통과하고 결선까지 갈게요."

"입상은? 약속했잖아."

혜진에게 학연이나 인맥 따위에 지지 않도록 하겠다는 약속을 일컫는 말이었다.

서윤은 히죽 웃었다.

"거, 본선을 앞둔 제자한테 너무 부담감 주시는 거 아닙니까?"

"네가 먼저 꺼낸 말이잖아."

"틀린 말은 아니네요."

어깨를 으쓱인 서윤은 가볍게 몸을 돌리며 손을 내저었다.

"잘 보고 계시라고요."

서윤의 말에 혜진은 빙긋 웃으며 매니저를 돌아보았다.

"우리도 들어가도록 하죠."

"네."

서윤은 피아니스트들이 모여앉아 있는 대기실에 잠시 앉아 있다가 나와서 핸드폰을 꺼내 들었다.

"누구지?"

가족하고는 아침에 통화를 했고, 굳이 올 곳이 없었다.

이상한 마음에 통화 버튼을 눌렀다.

"여보세요."

―오빠.

낯익은 목소리.

"꼬맹이냐?"

―꼬맹이가 아니라 현희예요.

전화를 건 것은 다름 아닌 현희였다.

"네가 웬일이냐? 그것보다 지금 서울은 새벽 아니니?"

서울보다 8시간 늦은 바르샤바다. 오전 10시를 조금 지난 시각이니 서울은 현재 새벽 2시 정도일 터.

―혹시 통화 괜찮으세요?

"어, 괜찮은데."

―다행이다. 혹시 1차 본선 있는 날이라서 못 받으시면 어쩌나 싶었거든요.

"너 원래 이때쯤이면 자는 거 아니니?"

자신의 건강을 끔찍이도 챙기는 아이가 새벽 시간에 자지도 않고 전화를 걸 줄이야.

뭐, 그건 그렇다 치고 반가운 기분이 드는 것은 어쩔 수 없었다.

—자는 시간이 맞기는 한데, 오늘 오빠 본선도 봐야 하고 해서요.

"아, 인터넷으로 중계된다고 했었지?"

세상이 좋아지기는 좋아졌는지, 콩쿠르의 전 과정은 대회 홈페이지를 통해 생중계가 된다.

"그럼 예선도 봤겠네?"

—그럼요.

"그래서 잘하라고 전화한 거야?"

—네. 다른 언니들도 안 자고 보고 있을 거예요. 제가 오늘 꼭 봐야 한다고 신신당부했거든요.

마치 '저 잘했죠?'라고 말하는 것 같았다.

서윤의 입가에 자연스레 미소가 떠올랐다.

"이야, 그래도 식충이들이 오빠 생각도 하네? 장하다. 장해."

—식충이들이라뇨?

"푸하하."

—오빠, 긴장하지 말고 잘하세요.

"내가 긴장하는 것 봤냐?"

—하긴.

그건 그렇다는 듯 현희가 수긍했다.

"그건 그렇고, 애들은 잘 지내?"

—잘들 지내죠. 아주 잘.

왠지 모르게 현희의 어조가 갑자기 어두워진 듯한 기분이다.

"뭔 일 있구나?"

—들어보세요. 어제도 오늘도 제 고구마를 훔쳐 먹었어요. 왜들 그러시는지 정말.

아무래도 먹이를 주는 사육사(?)가 사라져서인지 현희의 고구마 통이 다시금 스틸을 당하는 모양이다.

그 후로 현희는 묵혀왔던 감정을 토해내듯 서윤에게 한참을 투덜댔다.

이 녀석도 여자는 여자인지 말이 끝날 기미가 보이질 않는다.

"이만 끊어야겠다."

—아, 제가 너무 붙잡고 있었네요?

"그래. 전화해 줘서 고맙다. 나중에 들어가면 맛있는 거 사 줄게."

—네. 오빠 파이팅!

"그래그래."

서윤은 피식 미소를 지으며 어느새 뜨끈해진 핸드폰을 들었다.

"오래도 통화했네."

근 20여 분에 걸친 통화였다. 아니, 잠깐.

"그런데 저 녀석 국제 통화 아니었어?"

1분에 통화료가 얼마더라?

하지만 그것도 잠시. 서윤은 이내 고개를 내저었다.

그게 무슨 상관인가? 지가 자청해서 전화를 걸었는데.

그때 또 진동이 울렸다.

"이건 또 뭐야?"

혹시 현희가 또 건 건가 싶어 서윤이 통화 버튼을 눌렀다.

"여보세요."

─서윤 오빠? 나 뚜아. 열심히 해. 국제 통화라 바로 끊는다. 안뇽.

뚝.

"……."

지이잉~

"여보세……."

─오라방~ 귀엽고 깜찍한 아영이야. 잘해. 뿅~

뚝.

"……."

아주 타이밍도 절묘하기 그지없다. 어떻게 차례대로 전화를 걸었다가 3초 만에 지 할 말만 하고 끊을 수가 있지?

어이없다는 표정도 잠시. 서윤의 입꼬리는 여전히 휘어져 올라가 있었다.

"응원도 받았으니 힘내야겠지?

서윤은 나지막하게 중얼거렸다.

대기실로 돌아간 서윤은 자신의 순번이 돌아오자 무대에 올랐다.

그리고 아이들의 응원에 힘입어(?) 서윤은 1차 본선을 통과했다.

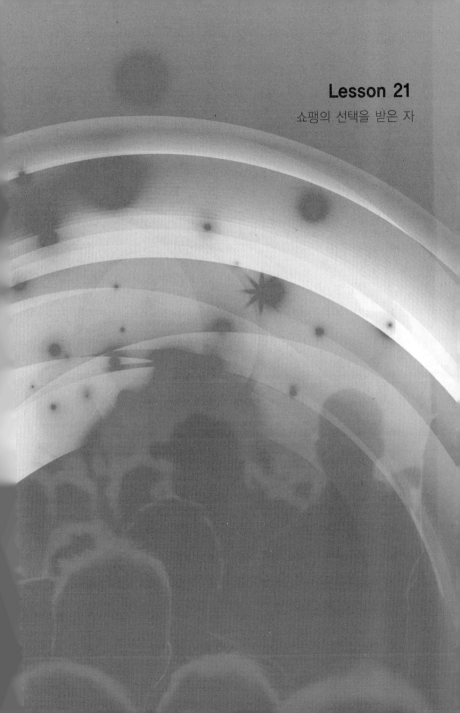

# Lesson 21
쇼팽의 선택을 받은 자

　심사위원들은 각자 앞에 놓인 종이를 들여다보고 있었다.

　10월 3일부터 11일까지 8일에 걸친 1차 본선이 끝났다.

　본선에 올랐던 80명 중 이제 남은 인원은 그 절반인 40명.

　13일부터 치러질 2차 본선이 끝나면 결선에 오를 12~13명
이 결정된다.

　"이번 콩쿠르는 전반적으로 수준이 매우 높군."

　한국 출신으로 이번 쇼팽 콩쿠르에 심사위원으로 뽑힌 김
충모 한예종 교수는 중얼거렸다.

　소위 말하는 세계 3대 콩쿠르에 참가하는 이들이니만큼 수

준이 높은 것은 당연하다.

하지만 이번 대회는 유독 쟁쟁한 이가 많은 것 같다.

폴란드의 라파엘 블레하츠, 한국의 김인석, 김인혁, 손희정. 마지막으로 새롭게 떠오르는 천재 피아니스트 김서윤까지.

그 외에도 기라성 같은 피아니스트들이 많이 있지만 말이다.

김충모는 어딘지 모르게 심각한 표정으로 논의를 하고 있는 폴란드 심사위원들을 바라보았다.

그리고 그 옆으로 고개를 돌렸다.

보인 것은 어딘지 모르게 고개를 절레절레 젓고 있는 일본인 심사위원이었다.

그 모습에 김충모는 피식 미소를 지었다.

솔직히 그럴 만도 했다.

이번 1차 본선을 통과해 2차 본선에 진출한 40명 중 심사위원들의 점수를 합산한 결과, 베스트5 중 무려 한국인이 4명이나 포함되었기 때문이다.

20명씩, 가장 많은 숫자를 1차 본선에 진출시킨 폴란드와 일본은 체면을 구긴 셈이었다.

그나마 폴란드는 베스트5 안에 라파엘 블레하츠를 포함시키기라도 했지만, 일본은 그마저도 되지 않았다.

게다가 상위 5명 중 가장 점수가 높은 것은 블레하츠도, 김 인혁, 김인석 형제도 아니었다.

바로 새롭게 떠오르는 천재 피아니스트, 김서윤이었다.

'김서윤이라.'

김충모는 나지막이 중얼거리며 그때의 광경을 회상했다.

서윤의 피아노는 그야말로 충격적이었다.

그가 피아노를 치고 있는 순간에는 뭐랄까? 주위의 공기가 달라지는 것 같았다.

말로 표현하기 뭐하지만 듣고 있노라면 감동적이라고나 할까? 가슴을 울리는 뭔가가 있었다.

한 번도 한국인에게 입상을 허락지 않은 쇼팽 콩쿠르다.

하지만 이번에는 다르다.

"잘하면 이번에야말로."

김서윤을 필두로, 김인혁과 김인석, 손희정까지.

베스트5에 네 명을 포진시키며 심사위원들을 놀라게 했다.

이제 2차 본선을 치러야 하고 결선 무대도 남았지만, 지금 분위기라면 충분히 입상을 노려볼 만하다.

잘하면 우승까지도 넘볼 수 있다.

하지만······.

"블레하츠의 국적이 걸려."

30년 동안 폴란드 출신의 피아니스트가 쇼팽을 제패하지 못했음이 걸린다.

타국 심사위원들 중에서도 이번에는 블레하츠가 되지 않
겠느냐란 말이 나오고 있다. 더욱이 쇼팽 콩쿠르에 후원을 하
고 있는 일본의 기업들도 있다.

과연 쇼팽이 일본 기업들의 입김을 무시할 수 있을 것인
가?

"골치 아프군."

김충모 교수는 머리가 아프다는 듯 고개를 절레절레 내저
었다.

일본 이야기는 넘긴다 치고, 다시 블레하츠로 넘어가자면,
그 역시 예선과 1차 본선에서 빼어난 연주를 했다.

실력도 출중하고, 자국 출신이란 이점도 있다.

서윤이 1차 본선에서 가장 높은 점수를 얻었지만, 블레하
츠와의 점수 차이는 거의 없었다고 해도 무방하다.

실제로 폴란드 출신의 한 심사위원은 '동양 아이들이 이렇
게 많은데 이게 무슨 국제 콩쿠르냐'라며 투덜거리기도 했
다.

은근히 유럽 출신, 조금 더 콕 찍어 유럽 출신 중 동양계 피
아니스트들과 치열하게 경합 중인 블레하츠를 밀어달라는 듯한
뉘앙스였다.

"결국 우리 아이들이 잘해 나가길 빌 수밖에 없겠군."

점수 차이가 극히 적다면 아무래도 블레하츠에게 유리한 것은 당연지사였다.

그렇다면 남은 것은…….

"그 누구도 뭐라 할 수 없을 정도의 압도적인 퍼포먼스를 보이는 것 정도인가?"

그렇게 중얼거린 김충모는 쓴 미소를 지으며 고개를 절레절레 저었다.

'결국 하늘의 뜻에 맡기는 수밖에.'

쇼팽 콩쿠르가 끝나기까지 남은 시간은 10여 일 정도.

이 정도의 세계적 명성을 지닌 콩쿠르에 나와 본선까지 진출할 정도의 피아니스트라면 자신만의 틀이 갖춰진, 완성형에 가까운 사람들이다.

그 짧은 기간 동안 무슨 계기가 있어 갑자기 환골탈태하듯 성장할 수 있겠는가?

그건 말도 안 되는 일이다. 김충모는 그렇게 생각하며 눈을 감았다.

하지만…….

―Bravo!

김충모는 자신이 말도 안 된다 치부했던 그 단언이 틀렸음을 불과 5일후 인정할 수밖에 없었다.

관객들이 일제히 일어서서 기립 박수를 치고 있다.

무대 위에는 막 2차 본선의 마지막 과제 곡을 끝낸 서윤이 일어서서 관객에게 정중히 인사를 하고 있었다.

감격을 이기지 못하고 엄지손가락을 치켜세우며 브라보를 외치는 관객이 부지기수.

조금 특이한 점이라면 열렬히 서윤을 향해 박수를 치는 일본인 관객들이다.

일본에서 인기가 많은 서윤이라서 그런지, 놀랍게도 오직 그를 보기 위해 폴란드까지 날아온 이도 상당수 있었다.

이럴 때 보면 일본 팬들의 충성도가 대단하다는 이야기가 맞기는 한 모양이다.

아니, 지금은 그게 중요한 것이 아니다.

"말도 안 돼, 말도 안 돼."

김충모는 연신 고개를 내저으며 말도 안 된다고 중얼거리고 있었다.

작금의 상황은 그야말로 충격 그 자체였다.

하지만 부정적인 것이 아니었다. 그의 어조에는 감격과 더불어 희열이 섞여 있었다.

그는 2차 본선 동안 여러 과제곡을 치는 서윤을 보며 경악할 수밖에 없었다.

점점 더 발전하고 있다.

강인한 터치임에도 저릿할 정도의 감성이 묻어나온다. 멜로디 한 음, 한 음이 살아서 가슴을 파고든다.

　김서윤이란 천재는 이 콩쿠르를 진행하는 와중에도 발전해 나가고 있었다.

　아니, 발전이라는 단어도 부족하다.

　이것은 진화다.

　약관을 막 지난 저 젊은 천재 피아니스트는 세계 3대 콩쿠르라는 쇼팽 콩쿠르마저 성장의 원동력으로 삼은 듯 보였다.

　2차 본선에서야 비로소 서윤은 뒷순번을 뽑을 수 있었다.

　35번.

　매우 적당한 순번이었다.

　2차 본선 과제 곡 3곡을 치는 동안 서윤은 그야말로 눈부시게 발전했다.

　마치, 나는 이들과 수준이 다르다는 듯 말이다.

　예선, 1차 본선 때와 지금의 서윤은 완전 다른 경지의 피아니스트다.

　솔직히 이 성장 속도는 상식을 완전히 뛰어넘는 것이었다.

　이것은 심사위원들 중 그 누구도 예상치 못한 것이었다.

　김충모는 고개를 돌려 나머지 18명의 심사위원을 바라보았다.

　그리고 그들의 표정 역시 자신과 다르지 않음을 깨달았다.

　특히 폴란드 출신의 심사위원들은 감탄과, 곤혹스러움이

뒤섞인 혼란스러운 표정을 짓고 있었다.

분명 2시간 전 먼저 2차 본선을 끝낸 블레하츠와 비교를 하고 있는 것이겠지.

하지만 김충모는 이번만큼은 단언할 수 있었다.

예선, 1차 본선에서 탑은 김서윤이었다. 하지만 당시에는 아슬아슬하게 블레하츠에 앞섰다.

하지만 이번 2차 본선만큼은 서윤이 압도했다.

비록 심사위원들의 점수가 아직 공개되지 않았지만, 김충모는 확신했다.

이 정도의 예술적인 연주를 보인 것이다.

서윤이 탑이다. 그것도 무조건.

아직 5명의 피아니스트가 남아 있지만 서윤의 퍼포먼스를 뛰어넘을 것이라 생각되지 않는다.

더욱이 예선, 1차 본선에서 탑5를 형성했던 블레하츠나 김인혁, 김인석, 손희정은 이미 본선 과제를 모두 끝낸 상태.

그의 예상이 맞다면 이미 이 다섯은 결선 진출이 확정되었다.

'결선 진출자는 많아 봐야 12~13명.'

그렇다는 이야기는 한국 국적의 피아니스트들이 거의 휩쓸었다고 봐도 무방하다는 것이다.

게다가 일본 출신의 피아니스트들도 꽤나 출중한 기량들

을 가지고 있었다.

쇼팽 콩쿠르를 후원하는 일본 기업의 입김도 무시하지는 못하겠지만, 앞선 다섯 명 정도의 수준에는 이르지 못했다.

게다가…….

'서윤 군의 뒤에 나올 피아니스트가 불쌍해지는군.'

이 뜨거운 열기, 그리고 서윤에게 일방적으로 휩쓸린 이 분위기를 이겨낼 수 있을까?

그리고 역시나 서윤의 뒤에 나온 중국 출신의 피아니스트는 수차례 터치를 실수하며 무너지고 말았다.

주최 측에서 몇 번이고 장내의 분위기를 가라앉히려 애썼지만 쉽지 않았다.

참혹하게 일그러지고, 눈가에는 눈물마저 맺힌 모습에 안쓰러운 마음도 일었지만 어쩔 수 없다.

저 중국인 피아니스트는 순번이 너무 안 좋았다.

솔직히 그 뒤는 볼 것이 없었다.

그리고 2차 본선이 모두 끝났다. 이제 남은 것은 심사위원들의 몫.

당연하겠지만, 19명의 심사위원은 만장일치로 서윤을 결선에 진출시켰다.

그리고 서윤의 결선 진출이 발표되는 그 순간, 집에서 뜬눈으로 밤을 지새우던 현희는 침대 위를 방방 뛰면서 환호하고 있었다.

평소의 그녀라면 상상도 하지 못할 행동이었지만 이번만큼은 달랐다.

세계 3대 콩쿠르 중 하나라는 쇼팽 콩쿠르의 결선 진출은 그것만으로도 피아니스트로서 인정을 받는 것이나 마찬가지다.

게다가 화면을 통해서도 느껴지는 열기.

오랜 시간에 걸친 기립 박수는 서윤의 연주가 얼마나 훌륭했는지를 단적으로 보여주는 것이다.

더욱이 바로 뒷순번의 피아니스트가 서윤의 연주가 남긴 중압감을 이기지 못하고 무너지기까지 했다.

"어때요? 엄마?"

현희가 고개를 돌리며 자신의 모친을 바라보았다.

오늘 그녀는 자고 있는 어머니까지 깨워서 같이 보고 있었다.

그녀 역시 서윤이 방금 전 보인 연주의 여운에서 아직 못 헤어 나오고 있었다.

그녀역시 피아노를 전공했고, 현재는 피아노 학원을 경영하고 있다. 안목이 있을 수밖에 없다.

"그러니까, 이 사람에게 처음 피아노를 가르쳐 준 게 너란 말이지?"

그녀는 본래 알고 있음에도 다시금 자신의 어린 딸에게 물었다.

3년 전인가? 연습생 생활을 하고 있는 딸이 연습생 오빠에게 피아노를 가르쳐 주기로 했다는 말을 했었다.

그리고는 수강료랍시고 집에 택배로 고구마가 한 상자 배달되기도 했었고.

그 때는 그런가 보다 했다.

그런데 어느 날 아이가 그런 말을 했다.


"그 오빠 이상해요. 배우는 속도가 너무 빨라요."


그리고 얼마 뒤 아이는 시무룩한 어조로 말했다.


"천재가 진짜 있는 거군요?"


꼬맹이 주제에 인생을 달관한(?) 듯한 딸의 모습이 기억에 난다.

그 뒤로 간간이 소식을 전해 들었는데, 그때마다 놀랐던 기억이 있다.

피아노를 치기 시작한 뒤 1년 만에 각종 콩쿠르를 휩쓸기 시작하더니 급기야 작년에는 세계적 명성을 자랑하는 롱 티보 콩쿠르에서 전 부문을 석권했다.

그리고 오늘, 딸내미에게 전해 듣는 것이 아니라 처음으로 직접 보았다.

물론 인터넷을 통한 중계였고, 만오천 원짜리 PC 스피커의 음질이었지만 이것만은 분명했다.

딸이 말한 대로 저 사람은 진짜배기 천재다.

천재는 노력하는 사람을 이길 수 없다?

그녀의 생각일는지도 모르겠지만, 엄밀히 말하면 그것은 진짜배기 천재가 아닌 것이다.

천재란 말 그대로 하늘에서 내려준 재능.

아무리 노력해도 메울 수 없는 그 무언가를 가진 이들이 바로 천재인 것이다.

그러한 감정은 또 다른 곳에서도 같이 느끼고 있었다.

"대단하다, 정말."

유주열은 고개를 절레절레 저으며 말했다. 그것은 김현우와 윤정신 역시 마찬가지였다.

그들 역시 현희와 마찬가지로 쇼팽 콩쿠르의 홈페이지를 통해 인터넷으로 공연 실황을 보았다.

세 사람은 서윤의 연주가 끝난 뒤 잠시 동안 입을 다물고 여운을 만끽했다.

장르는 다르지만 그들 역시 음악을 하는 사람.

심사위원들처럼 평가를 내릴 수 있지는 않았지만, 방금 전 서윤이 펼쳐 낸 연주가 얼마나 대단한지 가늠할 수 있었다.

"서윤이가 너무 먼 곳으로 가버리는 거 아니냐?"

윤정신의 말에 현우와 주열은 쓴 미소를 지었다.

그들에게 노래하는 법을 배우고, 작곡의 기초를 사사했던 아이.

그 아이가 지금 자신들과는 다른 방향에서 경지에 오른 것 같았다.

제자의 성장이 기쁘면서도, 한편으로는 너무 멀리 가버리는 것 같아 서운한 감정이 들다니. 참으로 아이러니하다.

그런 생각을 하며 세 사람은 자리에서 일어섰다.

어찌 되었건 기쁜 날이다.

이런 날 소주 한잔하지 않으면 언제 마실 수 있겠는가?


*         *         *


"대단한 녀석. 넌 진짜 대단한 녀석이야."

혜진은 연신 서윤의 등을 두드리며 활짝 미소를 지었다.

2차 본선이 모두 끝나고 하루가 지났지만, 혜진의 입은 여전히 다물어질지 몰랐다.

그럴 수밖에 없는 것이 어제의 연주는 혜진이 듣기에도 너무도 훌륭했기 때문이다.

자신의 제자라는 것을 떠나서, 혜진 역시 연주에 완전히 몰입했을 정도니까.

정신을 차렸을 때 그녀는 주위의 다른 관객들처럼 열렬히 기립 박수를 치고 있었다.

그것은 서윤의 매니저 역시 마찬가지.

"얼굴에 금칠 그만하세요. 누가 보면 1위라도 한 줄 알겠네?"

서윤의 말에도 혜진의 입가에 걸린 미소는 떠날 줄 몰랐다.

어제의 예술적인 연주가 아직도 귓가에서 흐르는 듯했다. 하지만 그녀는 서윤의 타박에 필사적으로 들뜬 마음을 가라앉히고 고개를 끄덕였다.

"하긴 결선이 남았으니까."

"그래요."

서윤은 고개를 끄덕였다. 그리고는 가만히 앉았다.

결선은 10월 18일부터 21일에 걸쳐 펼쳐진다. 그리고 서윤은 결선 마지막 날인 21일로 정해졌다. 게다가 순번 역시 맨 마지막인 12번이다.

주최 측에서 제시한 곡은 쇼팽의 피아노 협주곡 1번과 2번이다.

결선에 진출한 인원은 12명으로 결정되었는데, 이들은 1번과 2번 중 선택하여 연주를 하면 된다.

그리고 서윤이 선택한 것은 피아노 협주곡 2번이다.

사실 피아노 협주곡 2번은 1번보다 1년 앞선 1829년에 작곡되었고 1830년 쇼팽 자신에 의해 폴란드 바르샤바 국립 극장에서 초연되었다.

앞서 작곡한 곡이 2번이 된 이유에 관해서는 쇼팽이 개인적으로 현재의 1번 협주곡을 조금 더 만족스러워 1번으로 정했다는 설과, 피아노 협주곡 2번이 아마추어 피아노 연주자들이 개인적으로 연주하기에는 너무 난이도가 높았기 때문에 1번을 먼저 출판하게 되었다는 설이 있다.

"보통이라면 1번 협주곡을 선택할 텐데."

쇼팽의 피아노 협주곡은 낭만주의 협주곡 양식의 새로운 전기를 마련한 작품으로 평가받았음에도 불구하고 꾸준히 한 가지 비평을 받아왔다.

그것은 다름 아닌 피아노와 오케스트라 사이의 불균형이었다.

쇼팽 스스로도 오케스트라 반주 없이 솔로 파트만 연주하는 것을 즐겼단다.

그로 미루어 짐작하건대 쇼팽은 오케스트라 부분을 그다지 중요시 여기지 않았던 것 같다.

그것은 1번 협주곡 역시 마찬가지였는데, 이는 공교롭게도 콩쿠르 참가자들이 1번을 선택하는 계기가 되었다. 피아노가 조금 더 튀기 때문이다.

물론 현재에 이르러서는 프란츠 리스트의 제자이자 쇼팽의 후원자 겸 친구였던 칼 타우지히가 관현악 파트를 보강한 개정판이 연주되고 있다.

그럼에도 불구하고 2번에 비하면 피아노가 튀는 편이다.

하지만 2번 협주곡은 달랐다.

초연 당시 여러 신문들은 2번 협주곡의 아름다운 멜로디와 더불어 오케스트라 튜티 부분이 피아노와 어우러지며 협주곡의 정신을 완벽하게 전달했다는 찬사를 보냈다.

당시 쇼팽이 빈, 뮌헨, 파리를 경유하며 개최한 연주회에서 1번 협주곡이 2번 협주곡보다 뜨거운 반응을 얻지 못한 것은 그 이유 때문이 아닐까?

"결선 과제곡이 협주곡이라, 협주곡다운 곡을 선택하는 게 맞다고 봐요."

서윤의 말에 혜진은 눈을 샐쭉 떴다.

"말이나 못하면."

"하여튼 믿어보시라고요."

서윤의 말에 혜진은 고개를 끄덕였다.

이 아이는 여지껏 믿음을 저버린 적이 없으니까.

"알았어. 믿어볼게."

서윤은 씨익 미소를 지었다.

그리고 시간이 흘러 대망의 결선이 있는 날이 밝았다.

서윤은 아침 일찍이 일어나 손가락을 풀었다. 컨디션은 언제나처럼 아주 좋다.

가족과의 통화도 어젯밤에 했고.

보통이라면 '지금껏 잘해왔다. 결과에 구애받지 말고 최선을 다해라' 라는 정도의 격려가 보통 아닌가?

물론 형과 아버지, 누나는 그랬다. 하지만 우리의 이정민 여사는 남달랐다.

―미령이 불러서 같이 보려고. 아들~ 엄마 어깨 세워줄 수 있지?

이정민 여사의 집요함이란.

역시 여성의 원한은 무섭다.

서윤을 롱 티보로 내몬 원흉(?)이자 바이올리니스트 백주하의 모친인 김미령 여사를 집으로 불러들인 모양이다.

―어깨 좀 세워줄 수 있지?

재차 묻는 어조는 은근하였지만 담긴 뜻은 강변이었다.

결국 최선을 다하겠다고 말한 뒤 후다닥 끊는 수밖에 없었다.

뭐, 그랬다는 이야기다.

"이만 준비해 볼까?"

서윤은 자리에서 일어나 방을 나섰다. 그리고 그의 시야에 들어온 것은 탁자 위에 앉아 노트북 전원을 켜고 있는 혜진의 모습이었다.

"뭐하세요?"

"나가기 전까지 아직 시간 있지?"

"한 30분 정도 여유 있죠."

"그래."

서윤의 말에 혜진은 고개를 끄덕이더니 인터넷에 접속하는 아이콘을 클릭했다.

"아, 속 터져."

한국과는 달리 인터넷 속도가 절망적으로 느린 폴란드다. 혜진은 로딩 창을 바라보며 살짝 짜증 섞인 어조로 투덜거렸다.

그렇게 얼마나 기다렸을까? 로딩이 끝나고 포털 사이트 화면이 혜진의 눈에 비춰졌다.

그녀는 곧바로 검색창에 무언가를 적고 클릭을 했다.

"뭘 검색하시려고요?"

"콩쿠르 관련 기사."

그 말을 끝으로 그녀는 잠시 인터넷을 들여다보다가 고개를 갸웃거렸다.

"이상하다?"

"뭐가요?"

"기사가 하나도 없네."

"네?"

"네 기사. 아직 하나도 없어."

그것을 떠나 쇼팽 콩쿠르에 관한 기사 자체가 아직 없다.

"아직 끝나지 않아서 그런가 보죠?"

"아니, 그렇다 쳐도 12명의 결선 진출자 중 한국 국적의 피아니스트가 4명이나 되는데… 하다못해 단신으로라도 실어 줘야 하는 것 아니니?"

혜진의 말에 서윤은 그게 뭔 상관이냐는 표정이다. 그런 쪽에 무관심한 서윤과는 달리 혜진은 서운한 마음이 들었다.

서윤도 그러하지만 김인석, 김인혁, 손희정까지 네 명의 피아니스트가 결선에 올랐다.

게다가 네 명 모두 유력한 입상 후보자.

다른 나라 같으면 이렇게 무관심하지 않았을 것이다.

확실히 해외에 나와서 느낀 것은 우리나라는 이런 쪽에 너무 무관심하다. 클래식 쪽뿐만이 아니다. 순수 예술계통 전반이 그렇다.

매번 관객석이 꽉 채워지는 자국 관객들, 세계 각지에서 쇼팽 콩쿠르를 참관하기 위해 날아온 음악 애호가들과 취재를 하러 온 수많은 언론 매체.

현재 폴란드는 쇼팽 콩쿠르의 광풍에 휩싸여 있다.

서윤의 경우, 길거리를 거닐면 많은 사람이 알아보고 사인을 요청해 온다.

그뿐만이 아니다. 벌써부터 세계 유수의 방송사 및 클래식 잡지에서 앞다투어 인터뷰를 요청해 오고 있다.

아직 콩쿠르가 모두 끝나지 않았음에도 말이다.

달리 말해 그들 역시 본능적으로 알아챈 것이다.

서윤이 이번 대회 최고의 스타임을.

그런데, 정작 모국인 한국은 뜨뜻미지근하다. 클래식 애호가들이 모인 인터넷 커뮤니티 정도나 뜨거울 뿐.

클래식 시장 자체가 아주 협소하기에 그렇기도 하지만 씁쓸한 것은 씁쓸한 것이다.

"뭘 그런 걸 신경 써요."

"그래도."

"슬슬 나가봐야 할 것 같습니다만?"

때마침 매니저가 집을 나서자고 독촉을 해온다. 서윤은 잘됐다는 듯 혜진을 일으켜 등을 떠밀었다.

"가시죠. 어서요."

"나 겉옷 안 걸쳤어."

"제가 가져다 드릴게요."

서윤은 재빨리 의자에 걸쳐져 있던 겉옷을 들고 와 혜진의 등에 얹어주었다.

"걱정 마세요. 며칠 후에는 저랑 선생님 이름 박힌 기사, 수십 개 뜨게 해드릴게요."

서윤의 말에 혜진이 눈을 동그랗게 뜨며 고개를 돌렸다.

"서윤아."

"약속했잖아요. 전 약속 지킵니다. 그러니까 가요."

서윤은 혜진의 양 어깨에 손을 얹은 채 미소를 지으며 부드럽게 밀고 나갔다.

*　　　*　　　*

서윤은 대기실에 앉아 자신의 순번이 오기를 기다렸다.

그러던 중 문득 자신의 어깨를 툭치는 느낌에 고개를 들었다.

"여어."

"형?"

그는 다름 아닌 김인혁이었다.

이미 어제 결선을 끝낸 그가 서윤을 격려해 주기 위해 방문한 것이다.

"보아하니 전혀 긴장한 기색이 없네?"

김인혁의 말에 서윤은 피식 웃었다.

"그것보다 인석 형은?"

"형은 오지 않았어. 괜히 부담 주기 싫다나 뭐라나?"

김인석은 첫째 날 결선을 끝냈다.

문제는 4명의 결선진출 한국인 중 유일한 홍일점이자 결선에 진출한 손희정이었다.

그녀는 공교롭게도 마지막 날의 첫 번째 순서인 라파엘 블레하츠와 마지막인 서윤의 중간에 끼게 되었다.

그래서일까? 대기실 구석 편에 자리를 잡고 앉아 있는 손희정은 고개를 푹 숙인 채 심호흡을 하며 필사적으로 평정심을 유지하려 애쓰는 모습이다.

예선을 치를 때 먼저 말을 걸어와 준 인연이 있기는 하지만 지금의 상황에서는 뭔가를 해줄 수도 없다.

괜히 잘못했다가 애써 다잡은 평정심을 깨트릴 여지도 있기 때문이다.

"순번 안 좋네, 희정 씨."

김인혁은 가볍게 혀를 쯧 하고 차며 자신만 들릴 정도의 작은 목소리로 중얼거렸다.

"그건 그렇고 나 어제 들었어. 형 어제 일 있었다며?"

"아."

서윤의 말에 김인혁은 쓴 미소를 지었다. 어제 문화과학 궁전 공연 홀에서 열린 결선 공연.

김인혁은 피아노 협주곡 1번 1악장을 치는 내내 뭔가가 이상함을 느꼈다.

공연 시작 전 자신이 피아노를 점검했을 때보다 음이 미세하게 뭉개지는 듯한 느낌이 들었기 때문이다.

공연 중이기에 멈출 수가 없어 1악장을 끝내고 피아노 내부를 들여다보았을 때 눈을 동그랗게 뜰 수밖에 없었다.

피아노 안쪽에 조율 도구가 놓여 있었기 때문이다.

김인혁은 일단 퇴장한 뒤 주최 측에 정중히 항의를 했다.

조율사가 조율을 한 뒤 깜박했다는 웃지 못할 변명을 들었지만 어쩌겠는가?

결국 조율도구를 가지고 나가는 것으로 이 황당무계한 헤프닝은 끝이 났고 김인혁은 결선을 이어나갔다.

"그거 고의가 아니었을까?"

"아니라고 믿고 싶지만 나도 사람인지라 자꾸 의심이 들기는 하더라고."

미세한 차이지만 그게 승패를 가를 수도 있다.

"너도 시작 전에 한번 점검해라."

"알았어."

서윤의 대답을 들은 김인혁은 씨익 웃더니 그의 어깨에 손을 얹으며 장난스럽게 말했다.

"나보다는 못 쳐도 돼."

"이 형이 갑자기 웬 쌩뚱맞은 이야기람?"

"살살하라 이 말이야. 꼭 형을 이겨먹어야겠냐?"

서윤은 피식 웃었다. 말은 저리해도 본심은 그게 아니란 것을 안다.

그때 장난스럽던 김인혁의 표정이 일변했다.

"하지만 쟤보다는 잘 쳐라."

김인혁이 지칭한 것은 다름 아닌 블레하츠였다. 그 말인즉슨 결국 가장 강력한 우승 후보를 제끼라는 뜻이다.

"그게 마음대로 되나?"

서윤의 넉살맞은 말에 김인혁은 어깨를 으쓱이더니 잘하라는 말을 남기고 대기실을 나섰다.

그리고 정적.

서윤과 손희정, 블레하츠 3명만이 남겨진 대기실은 조용하기 그지없었다.

그렇게 얼마나 기다렸을까?

드디어 쇼팽 콩쿠르의 마지막 날 결선이 시작되었다.

마지막 날의 첫 순서인 라파엘 블레하츠가 서윤과 손희정에게 가벼운 고갯짓으로 인사를 건네고 무대로 나아갔다.

짝짝짝짝!

블레하츠가 무대에 올랐는지 관객들의 박수 소리가 대기실까지 들려왔다.

그리고 뒤이어 희미하게 협주곡 소리가 들린다.

얼마나 시간이 지났을까? 처음과는 비교도 안 될 정도의 박수 소리와 환호성이 들려왔다.

라파엘 블레하츠의 연주가 끝난 것이다.

뒤이어 오른 것은 손희정이었다.

대기실을 나서기 직전까지도 초조한 기색을 보였지만 어쩌겠는가?

서윤은 마음속으로 그녀의 선전을 기원해 줄 수밖에 없었다.

게다가… 손희정의 무대가 끝나면 자신의 순서였다.

그리고 드디어 서윤의 차례가 왔다.

짝짝짝짝!

무대에 오르자 쇼팽 콩쿠르의 피날레를 관람하기 위해 세계 각지에서 몰려온 관객들이 눈이 보인다.

서윤은 너무도 여유로운 미소를 띤 채 관객들과 바르샤바 필하모니 오케스트라의 단원들, 마지막으로 지휘자에게 인사를 건넸다.

"후우."

의자에 앉은 서윤은 가볍게 심호흡을 했다. 그리고 뒤이어 쇼팽의 피아노 협주곡 2번이 시작되었다.

처음 2분가량은 오케스트라의 선율이 울려 퍼진다. 그리고 뒤이어 서윤의 아름다운 쇼팽이 문화과학 궁전의 공연 홀을 채우기 시작했다.

강인하면서도 섬세하고, 감성적이지만 절대 도를 넘지 않는다.

한 음, 한 음이 명료하고 또렷하며 화려하다.

열아홉 살의 쇼팽이 처음으로 여인에게 사랑의 감정을 느끼고 그 강렬한 기분과 뜨거운 가슴을 고스란히 녹여낸 두 개의 피아노 협주곡.

12명의 결선 진출자 중 홀로 2번 협주곡을 선택한 서윤의 피아노는 그야말로 예술적이었다.

「루빈스타인의 쇼팽을 처음 들었을 때 느꼈던 감동이 다시금 재현되었다.」

심사위원 중 한 명이 감탄하듯 중얼거렸다.

서윤의 연주를 들으며 뇌리에 다시금 새겨진 것은 1975년도, 독일 출신의 피아니스트 겸 지휘자 앙드레 프레빈의 지휘 아래 런던 심포니 오케스트라와 쇼팽의 또 다른 이름이라고까지 추앙받던 폴란드 출생의 미국의 피아니스트, 아르투르 루빈스타인의 협연이었다.

그 명협연의 감동을 어찌 저 젊은 피아니스트가 재현할 수 있는가?

손가락만이 아니다. 표정과 몸짓… 몸 전체로 쇼팽을 표현해 내는 듯하다.

그리고 심사위원들을 인정할 수밖에 없었다.

오늘, 김서윤이란 이름을 가진 한국 출신의 젊은 천재 피아니스트는 거장이 되었다.

와아아!

서윤의 연주가 끝을 맺자 사람들은 제자리에서 벌떡 일어서 기립 박수와 환호성을 지르기 시작했다.

그것은 12명의 결선 진출자 그 누구에게도 비할 수 없는 크기였다.

심지어는 폴란드 관객들마저도 마찬가지였다.

서윤은 그날 10여 분이 넘는 시간 동안 기립박수를 받았다.

그리고…….

심사위원들이 모두 모여 앉았다.

쇼팽 콩쿠르의 결선 심사 과정은 이러하다.

우선 1차로 심사위원 19명이 12명의 결선 진출자 중 6명의 입상자 후보를 찍는다.

12명 명단을 놓고 이름 옆에 'yes', 'no'를 표기하는 방식이다.

이렇게 해서 yes표를 받은 순서대로 6명을 걸러내고, 다시 이 6명을 놓고 심사위원이 각자 점수를 매긴다.

혹시라도 심사위원 중 누군가 일부러 낮은 점수를 매기는 것을 막기 위해 점수 차가 4.5점 이상 나면 그 점수는 합산에서 제외한다.

그리고 합산한 점수는 소수점 둘째 자리까지 나온다.

그렇게 심사 끝에 결과가 나왔다.


### 15회 쇼팽 국제 콩쿠르 (2005년)


Prize I — 김서윤 (South Korea)

Prize II — 라파엘 블레하츠 (Poland)

Prize III —김인혁 (South Korea)

Prize III —김인석 (South Korea)

Prize IV — 야마모토 타카하시 (Japan)

Prize IV — 세키모토 쇼헤이 (Japonia)

Prize V — 수상자 없음

Prize VI — 카 링 콜린 리 (China) (Hong—Kong)



특별상 부분.


마주르카상  김서윤 (South Korea)

폴로네이즈상 : 김서윤 (South Korea)

협주곡상 : 김서윤 (South Korea)

소나타상 : 김서윤 (South Korea)


크리스티안 침머만 이래 30년의 공백.

하지만 폴란드는 이번에도 쇼팽 콩쿠르에게 선택받지 못
했다.




『나는 아이돌이다』 4권에 계속…

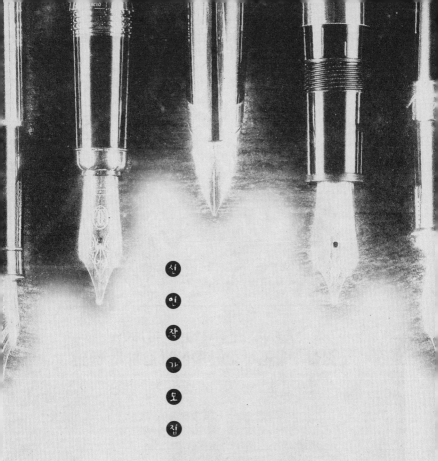

신
인
작
가
모
집

**시작이 반이라고 했습니다.**
**작가의 길에 대한 보이지 않는 벽을 과감히 깨뜨리십시오!**
**청어람은 작가 지망생 여러분들의**
**멋진 방향타가 되어드리겠습니다.**

저희 도서출판 청어람에서는
소설 신인 작가분들을 모집합니다.
판타지와 무협을 사랑하시는 분들의 많은 참여를 바랍니다.
소정의 원고(A4용지 150매)를 메일이나 우편으로 보내주시면
검토 후 출판 여부를 알려드리겠습니다.

**주소**:경기도 부천시 원미구 심곡2동 163-2 서경B/D 2F 우편번호 420-822
**TEL**:032-656-4452 · **FAX**:032-656-4453
http://www.chungeoram.com
**e-mail**:chungeoram@chungeoram.com

# 말년병장, 이등병 되다!

에바트리체 장편 소설

FUSION FANTASTIC STORY

대한민국 남자라면 알고 있을 바로 그 이야기!

『말년병장, 이등병 되다!』

전역을 코앞에 둔 말년병장, 이도훈.
꼬장의 신이라 불리던 그가 갑자기 훈련병이 되었다?!

**"…이런 X같은 곳이 다 있나!"**

**전우애 넘치는 군인들의
좌충우돌 리얼 군대 이야기!**

Book Publishing CHUNGEORAM

유행이 아닌 자유추구 -
WWW.chungeoram.com